義と仁叢書 1

国定《くにさだ》忠治《ちゅうじ》

KUNISADA CHUJI

平井晩村【著】

Banson Hirai

国書刊行会

まえがき

侠客の魁《さきがけ》――江戸の幡随院長兵衛《ばんずいいんちょうべえ》が、胸のすくような大活躍をしてから、ちょうど二〇〇年後の、幕末近い上州を舞台に、

「関東一の大親分」

「男のなかの男」

と称された国定忠治（一八一〇～一八五〇）の任侠の華《はな》が咲きました。

国定忠治といえば、

赤城の山も今夜を限り、生まれ故郷の国定の村や、縄張りを捨て国を捨て、

可愛い子分の手前たちとも、別れ別れになる門出《かどで》だ。

という、新国劇の行友李風《ゆきともりふう》作『国定忠治』の名場面・名セリフが思い浮かびます。また、

泣くなよしよし　ねんねしな
山の鴉が　啼《な》いたとて
泣いちゃいけない　ねんねしな
泣けば鴉が　又さわぐ

という、東海林太郎《しょうじたろう》の『赤城の子守歌』がよく知られています。この歌は高田浩吉主演の時代劇映画『浅太郎赤城の唄』（昭和九年、松竹）の主題歌として作られました。曲の人気は高く、映画のタイトルを『赤城の子守歌』に変更したとたん、映画も大ヒットしました。さらに、

男ごころに　男が惚れて
意気がとけ合う　赤城山

澄んだ夜空の　まんまる月に
今宵横笛　誰か吹く

という、『名月赤城山』（昭和一四年）の東海林太郎の絶唱も有名です。こうした歌やセリフが渾然一体となって、国定忠治は浪曲や芝居などで繰り返し上演され、親しまれてきました。国民的ヒーローの一人です。

先年、忠治生誕二〇〇年（二〇一〇年）を迎えるにあたり、国定忠治、島村の伊三郎、三室の勘助の子孫が初めて一同に集まり、「手打ち式」を行い（二〇〇七年六月二日）、話題を呼びました。

本書は平井晩村《ひらいばんそん》（一八八四〜一九一九）の歴史小説の代表作です。群馬県前橋市出身で赤城山を眺めて育った晩村は、情感豊かに上州の景観を点描し、俠客国定忠治の生涯を生き生きと描いています。初版は大正五年五月に大日本雄弁会より刊行されました。

このたびの再版にあたり、左記のような編集上の補いをしました。

①旧漢字旧仮名遣いを新漢字新仮名遣いに改めました。

②表記も現代文に改め、差別用語に配慮し、一部を補いました。

③難字にはルビをふり、難解な言葉には（　）で意味を補いました。

④一三の大見出しを付し、小見出しを付しました。

⑤新たに挿絵を挿入しました。

⑥巻末に忠治研究六〇年の郷土史家真藤正実氏述の「巻末特集　大戸の忠治地蔵」を収録しました。

平成二三年一一月

国書刊行会

目次

装幀　志岐デザイン事務所

一　幼きころ

1　額銀《がくぎん》三個を手に

「おばさん……こんちは」

あどけない涼しい声で呼びかけながら、裏手の木のかげへ一三、四歳の少年が歩み寄った。

「おや、忠治《ちゅうじ》かい。こっちへお入り……今日は一人かい」

機台《はただい》に上《のぼ》って器用に梭《さ》（緯糸《よこいと》を通す舟形の道具。杼《ひ》と同じ）を投げていた叔母《おば》のお梅《うめ》は、手を留《と》めて、懐かしそうに少年を迎え入れた。忠治と呼ばれた色白の少年は、睫毛《まつげ》の長い円《つぶ》らな眼にこぼれそうな親しみをたたえながら、そそくさと機台《はただい》に近い縁先《えんさき》に腰をかけて、手作りの草履《ぞうり》の埃《ほこり》をはらった。——木綿ではあるけれど、垢《あか》のついていない袷《あわせ》を着て、きちんと結んだ角帯《かくおび》はどうやらただの百姓の倅《せがれ》とは見えない。——国定《くにさだ》村から田部ケ井《たべがい》村まで——一里足らずの野路《のじ》を蝶々も追わず、花も抜かず、忠治は父の使いの書付《かきつけ》を大事《だいじ》に持ってきたのであった。当家の女房お梅は国定村代々の名主《なぬし》長岡権太夫《ながおかごんだゆう》（忠治の父）の血をわけた妹である。忠治は生まれ在所の本家の跡取り、名主の小旦那として立てて行かねばならない大切な甥《おい》に当たるのである。

「お父さんもお母さんも達者《たっしゃ》でか、友治も大きくなったであろうな」

叔母のお梅は、髪を包んだ参宮土産《さんぐうみやげ》の染め手拭《てぬぐ》いを取って、擦《す》り寄るようにそばへ座った。

野を吹いてくる風が、そよそよと木の芽を揺《ゆ》する。梅の花のあとを追って桜の一重《ひとえ》が散りかかり、野の空には高く高く雲雀《ひばり》が鳴いている。

「おばさん、どうして初午《はつうま》に来なかったの」

「せっかく使いをもらったけれど、あいにく家に病人がいたものだから」

「お父さんがね、みんなで来ておくれって、そう言ったよ」

嬉しい兄の言伝《ことづ》てを聞きながら、この可愛らしい甥《おい》の忠治のために、何かしてやりたいと思った。蓬団子《よもぎだんご》をこしらえようとお梅が起《た》ちかけたとき、忠治は父から渡された手紙を差し出した。

当家の主人西目卯右衛門《にしめうえもん》は田部ケ井《たべがい》村きっての富豪、さきごろ買い取った土蔵の建て直しに、昨日も今日も左官大工が大勢集まって、のどかな茶請《う》けの煎《い》り豆で賑《にぎ》わっている。忠治の家からは、蔵普請《くらぶしん》に使う竹が送られていた。今日は竹の勘定《かんじょう》を貰《もら》いにきたのであった。

蓬《よもぎ》の団子に小豆《あずき》の餡《あん》、縁先で叔母と二人で話していると、叔父の卯右衛門が竹の

代金の額銀《がくぎん》（天保一分銀の俗称）三個を紙に包んで持ってきて、

「ご苦労、ご苦労。落とさないように持って行けや」

と言うと、忙しげに普請場《ふしんば》へ立ち去った。叔母は包み紙の両端をこよりによって、

「さあ、指をお出し。落ちないように括《くく》ってあげるから」

と右の人差し指へ額銀の包みを結《ゆ》わえてくれた。忠治は叔母に挨拶《あいさつ》して裏口から帰路についた。名残《なごり》惜しげに見送っていた叔母が、再び機織《はたおり》の梭《さ》を鳴らすころ、忠治は柔らかな春の陽を浴びて、すたすたと村はずれを急いでいた。

2　林のなかの賭場《とば》

忠治はやがて早川橋の袂《たもと》まで来た。

国定村は一跨《ひとまた》ぎの眼の先に見える。忠治は叔母に括《くく》ってもらった額銀《がくぎん》を落とさない

ように、右の手にしっかり握りながら歩いていたが、ふと道端の雑木の蔭に柔らかな蕨《わらび》を見ると歩みを止めた。

「母さんへ蕨を採っていこう」

孝心《こうしん》深い忠治は、歯を病む癖《くせ》の母を思って、林の奥へ迷い込んだ。むせるような草の匂い。さまざまな鳥のさえずり。里近い林の奥には雉《きじ》がばたばたと羽ばたきをして低く飛ぶ。ほどよい蕨を採って出口に迷っていると、林つづきの窪地からぼそぼそと人の声が聞こえた。

「はてな」

こんな林の中に――と子供心にも不思議に思ったが、怖いもの知らずの少年は、臆《おく》せずに声のするほうへ近づいて行った。

当時は賭博《とばく》、すなわち丁半《ちょうはん》を、誰でもやる手慰《てなぐさ》みとして、格別に咎《とが》め立てをせず、ことに上州のこのあたりでは盆茣蓙《ぼんござ》（ばくち場でつぼを伏せるゴザ）の勝負が流行《はや》っていた。とはいえ、さすがに大っぴらにやることを憚《はばか》って、ここの林の窪地に集合して賽《さい》の目を争っていたのである。それとは知らず偶然に迷い込んだ前髪立ての少年は、突っ立ったまま面白そうにのぞき込んだ。

「おい、小僧。お前ここへ何しに来た」

胴元《どうもと》の源三《げんぞう》が声をかけた。

「蕨採りに入ったら、出口がわからなくなって、ここへ来たんだ」

「そうか……その右手に摑《つか》んでいるのは何だ。金《かね》じゃねえか」

「額銀《がくぎん》で三分《さんぶ》あるんだ」

「そいつは豪気だ。どうだお前も仲間に入れ。ころりと賽《さい》の目が出れば、三分が二両になるんだ。やってみねえか」

「きっと二両になるかい」

「うまくいけば、きっとなる」

「やろう」

叔母のお梅が心にかけて、右手の指に結んでくれた額銀の紙包みをもぎって、ぽんと盆茣蓙《ぼんござ》へ投げ出した忠治の眼は、鳩のように丸かった。

胴元の源三は、にやりと一座の顔を見まわしながら壺を取り上げた。

「よいかな」

からからと賽が鳴る。――しんとした林の彼方《かなた》で思い出したように雉《きじ》が鳴いた。

3　竹の金《ぜに》と、木の金《ぜに》

源三のずるそうな眼がくるくると回ると、ぽんと伏せた賽の目は丁と出た。

「小僧、駄目だぜ」

源三が額銀の紙包みを懐《ふところ》へねじ込むのを見て、一座の二、三人は卑《いや》しく口嘗《くちな》めずりをした。

「兄貴、その金はどうなるんだい」

「しめこの兎（思い通りに事が運ぶこと）で濁《にご》り酒でも買おうじゃねえか」

罠にかかった小さい獲物を、各自の杯へ注ぎ分けようとの露骨な謎。

「黙ってろい。憚《はばか》りながら源三さんの、ここにあらぁ」

ぽんと叩いた源三の素袷《すあわせ》の胸のあたりには、古綿が汚くもつれていた。

忠治は狐につままれたようにぽかんとして起《た》っていたが、せっかく叔父から受け取ってきた竹の代金を博徒たちに巻き上げられたことが、いかにも無念でならなかった。無念というよりも思案に余《あま》ったのだ。

「小僧、何をぐずぐずしている。帰れ帰れ」

「今のお金は取られたんかい」

「そうだ。丁と出たから、こっちのものだ。半と出りゃあ、二両になるところだったのに、お気の毒さまだ」

煙管《きせる》に煙草《たばこ》を丸めて、火打ち石を鳴らしながら、突き放すように冷やかした。

「……半と出れば……二両、……おじさんまた来るぜ」

何と思ったのか、少年忠治はぐいと尻からげをして、どこかへ立ち去ったが、間もなくさっきと同じように、紙で包んだ金を指に縛りつけて引き返してきた。

「また来たな。その金《ぜに》を張れ……丁か、半か」

「この金は木の金《ぜに》だから……」

「構わねえ構わねえ。木の金《ぜに》でも、竹の金《ぜに》でもお構いなしだ。よし、半だな」

源三はそれと目配せして賽を鳴らした。源三は、さっき忠治が投げ出した三分の額銀が、竹を売った代金と聞いていたので、今度は木材を売った代金と早合点をして、ふたたび罠にかけようとしたのだ。

「勝負っ」

がらりと開けると丁と出た。無論このように自在に目を出すからくりに、何も知らない素人の、更には子どもの忠治が勝てるはずはない。源三は忠治が投げ出した二度目の紙包みを取り上げて、不思議そうに首を捻《ひね》った。

「小僧、これは何だ」

「開けてみればわかる」

手早く源三が包みを解くと、金ではなく腐った木片《こっぱ》が現れた。

「やい、これは木片じゃねえか」

「だから、はじめから木の金《ぜに》と断ったのだ」

「何いっ……洒落臭《しゃらくさ》い。餓鬼《がき》のくせに」

満面に朱を注いだ源三は、忠治の襟元《えりもと》をひっ摑《つか》んで膝《ひざ》の下に組み敷いて、力任せに打ち据《す》えた。

4　曲沢《まがりざわ》の富吉親分に助けられる

いくら忠治が負けない気でも、一三歳の子ども、荒くれ男の源三に摑《つか》まれてはひとたまりもない。無惨にも前髪が土にまみれて、膝下《しっか》にきつく組み敷かれたが、さすがに泣き声を上げなかった。

「小僧、まだ詫《わ》びねえか」

源三がまたも振り上げた拳の下に、忠治ははね返す力もなく、涙ぐんで土をつかんでかたく唇をかみしめている。

「この餓鬼め、強情《ごうじょう》な」

源三が起きあがりざまに足蹴《あしげ》にしようとしたとき、

「待て、源三」

野太い声が近づいた。

「これは、親分」

「何をするんだ。大人げないまねをするな。可愛そうに」

落ち着いた物の言いよう、地機《じおり》の紺に玉繭《たままゆ》を織り交ぜた質素な袷《あわせ》、同じ裁縫の羽織の裾《すそ》には銅輪造《どうわづく》りの長脇差が渋く光っていた。

曲沢《まがりざわ》の富吉《とみきち》はこの辺きっての親分。今日も子分の清五郎《せいごろう》を連れて縄張りを見て回る途中、林の窪地の博打場《ばくちば》に立ち寄り、忠治への折檻《せっかん》を見るに見かねて声をかけたのだ。富吉が子分を顧《かえり》みて、

「清五郎、早く起こしてやれ」

と言った眼は、けわしく源三の真額《まびたい》を射た。清五郎はいわれるままに近寄って、気の毒な少年を労《いたわ》りながら抱きおこすと、

「あんたは庄屋の小旦那じゃねえか」

と驚きの声をあげた。忠治は黙って頷《うなず》きながら、肩のあたりに付いた木瓜《ぼけ》の花びらを払い落とした。

「源三、いったいどうしたんだ。庄屋の小旦那にこんな不始末をして、手前《てめえ》何とするつもりだ」

富吉の足もとに小さくかがんだ源三は、面目なさに冷や汗を拭きながら、事の顛末《てんまつ》を手短《てみじ》かに物語った。

「そんなけちな了見だから、いつまでたっても、うだつがあがらねえのだ、気をつけろ」

富吉は源三を叱りながら懐《ふところ》から額銀《がくぎん》三個を取り出して忠治に渡した。

「坊ちゃん。これを持ってお帰りなさい。こんなところへ二度と足踏みなすっちゃあいけませんよ。源三、途中まで送ってあげろ」

「おじさん……ありがとう」

忠治は胸一杯の嬉しさと悲しさに涙をふきふき、源三に送られて若葉の林を出ると、しおしおと家へ帰って父の前へ竹の代金を差し出したが、母への土産の早蕨《さわらび》は持っていなかった。

5　赤堀の剣術道場へ入門

思わぬ難儀《なんぎ》を曲沢《まがりざわ》の富吉親分に助けられて家に帰った忠治は、少年ながら富吉の戒《いまし》めを心に刻んで、人にもいわず心の内で絶えず礼を繰り返していた。――二度と来るな、と叱られた盆茣蓙《ぼんござ》の光景――ああ、あの日、林で聞いた雉《きじ》の声、木瓜《ぼけ》の花、春がくると拳《こぶし》を伸ばすような蕨《わらび》を見るにつけても、恐ろしかった過ぎた夢に、眼を瞑《つむ》ることさえしばしばであった。

忠治は弟の友吉とともに菩提寺の和尚が開く寺子屋に通い、つつがなく暮らしていた。父は代々の名主役が忙しく、村付き合いで出歩かない日はなかった。病身な母は家に籠もり、薬を煮ながら仏壇の前に鉦《かね》を鳴らして、ひたすらに後世《ごせ》を頼んでいた。母思いの忠治は凧《たこ》も飛ばさずに、文《ふみ》を読むことにいそしんでいたが、一四歳の夏から勢多郡赤堀村《せたぐんあかほり》の富豪本間千吉郎応吉《ほんませんきちろうまさよし》の道場へ入門して、剣術の稽古《けいこ》に励《はげ》んだ。上州路は士農工商がおしなべて、男を磨く土地柄である。近隣諸国の若者は我も我もと赤堀の道場へ志《こころざ》した。

忠治は凝《こ》り性《しょう》であった。いったんこうと思い立つと、目的を達成するまで脇目もふらなかった。父母の許しを得て本間の道場へ入門してからすでに三年、不敵な肝《きも》と竹刀の冴《さ》えは、数ある門人を抜いて師範から褒《ほ》められるまでに上達した。——前髪を落とし、涼しい眼と透った鼻筋の忠治が、稽古袴の裾《すそ》を短かに面小手を担《かつ》ぐ後ろ姿は見栄えがして、秘かに見送る娘たちの数も両手の指に余るほどであった。しかし、忠治の一心は竹刀の先にこもって、なにものも顧《かえり》みる余裕がなかった。——つつじ咲く夏の雨にも、椎《しい》の実落とす山風にも、忠治が本間の道場へ通わない日はなく、今では四天王さえ油断のならない天晴《あっぱ》れの手練《しゅれん》、忠治自身もますます熱心に稽古をしているうちに、江戸上《のぼ》りを思い立つべき偶然の機会に出会った。

6　浅草寺への奉額と奉納試合

朝夕に千人もの門弟が集散する赤堀村の道場の主《あるじ》本間千吉郎応吉は、このたび江戸浅草の浅草寺《せんそうじ》へ奉額を思い立って、隣国各地の師範たちにもそれぞれ案内状を発し、日を定めて華《はな》の都《みやこ》で奉納試合を催《もよお》すことになった。本間の高弟の多くは旅の準備を急ぎ、我こそ当日勝ち名乗りをあげて、後の世にまで誉《ほま》れの名を奉額に連ねようと手ぐすね引いていた。血気盛んな忠治も無論その一人で、まだ見ぬ江戸を夢に描き、鳩に豆蒔《ま》く浅草寺の絵草紙を子どものようにながめ、試合への気合いも日に日に高まっていた。

忠治はまず母親の許しを乞《こ》うた。子に甘いは母の常、さらには平素《へいそ》つつましく文武の道に心を練《ね》るわが子の心根を愛《いと》しく思って、

「私からもお父様に頼んであげましょう。旅へ出ては金が道連れ、お小遣いの足しにでも」

と屑繭《くずまゆ》売って貯えた財布の小銭をこっそりくれるもったいなさ。忠治は道場へも参加の旨《むね》を届け、戻り道で旅の菅笠脚絆《すげがさきゃはん》、草鞋《わらじ》、種々の品を整え、道中差しの下げ緒まできちんと改めて、嬉しい日が近づくのを待った。

赤城山の裾野の草原に馬を放つ牧場に、春の霞《かすみ》がほのぼのと立つ日、国定村の庄屋権太夫は、わけあり気《げ》に忠治を呼んで渋面を作った。

「お前が江戸へ行きたいとのことは聞いた。が、悪いことは言わない、ちょっと思いとどまったがよい。……あらためて言うまでもないが、お前は名主《なぬし》の跡目《あとめ》を継がね

ばならない大切な身体。下手な剣術に邁進《まいしん》するようなことがあっては、身も家も滅ぼす基《もと》じゃ。それよりも、母親でも連れて成田詣《まい》りでもするが身のため。決して入目《いりめ》(費用)を惜《お》しんでの話ではない。みんなお前の将来を案ずるからじゃ」

噛《か》んで含めるような父のことばを、じっと項垂《うなだ》れて聞いていた忠治は、これほどに心を労する父に向かって枉《ま》げてもと頼むに忍びなかった。黙ってその場を引き下がるより途《みち》がなかった。母も脇からさまざまに慰《なぐさ》めてはくれたが、忠治にはただひとつ、諦《あきら》められない理由《わけ》があったのである。

為造《ためぞう》に面《つら》を見られるのが、いまいましい、と忠治は舌打ちしながらも、父のため、母のためにとじっと堪《こら》えて、明くる朝、力なく本間の道場へ出かけた。誰も彼も、来《きた》るべき江戸表の奉納試合の評判に熱中している。いつになく呆然《ぼうぜん》と控《ひか》えている忠治の肩をぽんと叩いたのは、赤堀の豪農の倅《せがれ》為造であった。

「何をぼんやりしているんだ。一本頼もうか」

と、竹刀の鍔《つば》を叩いた。

7　木剣での勝負

黙って為造の顔を見上げ、

「イヤだ。今日はやめだ」

と、素《そ》っ気《け》なく拒絶した忠治の眉には不快の色がみなぎっている。

「なぜそんな弱音を言うのだ。……それとも、オレとの奉額試合の顔合わせが決まったからか」

為造は忠治より四歳年上。したがって入門の日の早いのを鼻にかけて、なにかと忠治を蔑《さげす》むところがあった。さらには晴れの奉納試合に忠治と為造は三本勝負の組み合わせであった。忠治は奉納試合で平素の怨《うら》みを竹刀へ籠《こ》められると喜んだのに、気弱い父の戒めに阻《はば》まれて、参加もならずに空《むな》しく為造の下風に立たねばならないのは、生爪《なまづめ》を剝《は》がされるよりも辛かった。

折りも折り、所も所。――為造の人もなげなことばにたえかね、忠治はぬっくと道場の中央へ立ち上がった。

「来い。それほど望むなら相手になろう」

忠治の面上には火のごとく怒りが燃えた。がっしりとした骨格、裾短《すそみじか》な稽古袴。面小手もつけず、怒りに震える右手に砕けよとばかりに木剣《ぼくけん》をつかんだ。

「木剣で？　面白い」

幾分《いくぶん》心に怖《お》じながらも、皆の手前退《ひ》くに退かれない為造は、わざとらしく肩をそびやかしてずかずかと進み出た。居合わせた四〇余名の血気にあふれた門弟は、降って湧いた犬と猿の争いに目を見張って、止めようともせず膝を進めた。為造は、

「さ、いいか。木剣は真剣同様、腕骨《うでほね》叩き折っても、あとで苦情はあるまいな」

と、木剣にしごきをくれながら、反《そ》り身になってずいと進む。

「ぬかすな。どこなりとも打って来い」

と忠治。

「やっ」

と叫んで立ち別れた二つの木剣は、ぴたりと合ったままそよとも戦《そよ》がない。——武者窓を洩《も》れる春の陽はうららかに忠治の真額を照らした。

千載一遇《せんざいいちぐう》! 今日こそはと勢い込む懸命の木太刀《きだち》の先には、忠治の一念が籠もっているかのように見えた。

「ヤッ」

と一歩。

「エイッ」

と二歩。じりじりと進みゆく忠治に押されて、為造は鬢《びん》に伝わる熱汗《ねつかん》を拭《ぬぐ》う間もなく、もろくも羽目板へ追いつめられた。勝負は見えた。為造の眼は怪しく騒いで、吐く息は哀《あわ》れにも苦しげであった。

「エエッ、ヤッ」

と、喉も裂けよと獅子吼《ししく》した忠治が、身を躍《おど》らせて真っ向から打ち込もうとした、そのとき、

「待て、両人とも退《ひ》け」

と、道場正面の襖《ふすま》の奥から鋭い声がかかった。

8 為造の謝罪

紛《まぎ》れもなき師匠の声にハッとした忠治は、惜《お》しいところで木剣を控《ひか》えねばならなかった。一歩下がって師匠の方へ片手をつこうとする途端！　すでに眼《まなこ》の眩《くら》んだ為造

は、前後の弁《わきま》えもなくさっとばかりに忠治の肩先へ木剣を打ち込んだ。

「お前、卑怯《ひきょう》な」

忠治は猛然《もうぜん》と立ち上がろうとしたが、師匠の本間千吉郎が、

「待て、無益な争いをするな」

と叱《しか》りつけたので、その場はそのまま収《おさ》まって、門人は常のごとく入り乱れて稽古を励んだ。――忠治はいつもより早く汲み井戸の水で顔を洗って道場を出ると、一足飛びに家に帰って、密《ひそ》かに父が秘蔵の一刀を摑み差しに赤堀村へ引き返した。為造も日暮れすぎまで道場に残っていたが、内弟子も部屋に戻り、話し相手が無くなったので、ぶらりと懐《ふところ》手《で》をして帰路についた。

朧《おぼろおぼろ》々の春の黄昏《たそがれ》。寺々で撞《つ》く入相《いりあい》の鐘が、花菜の上を遠くに消えてゆき、為造は村の田んぼの近道を抜けて白壁が並ぶわが家の方へ、ぶらぶらと下駄を鳴らしていた。蛙《かわず》も啼《な》き、レンゲの花の上を風が生ぬるく吹いている。

忠治は野路の積み藁《わら》の蔭に身を潜《ひそ》めて、為造の戻りを待ち構えていた。——小唄を流して行きすぎる為造のうしろから、ぬっくと現れた忠治は左手に脇差を提《さ》げたまま、物も言わず近寄り、むんずと襟首《えりくび》をひっつかんだ。

「お前は、忠治だな」

「いかにも忠治だ。……よくも卑怯《ひきょう》なまねをしたな。性根《しょうね》を据《す》えて勝負しろ」

いつ登ったか、春の夜の月はうっすらと川柳《かわやなぎ》の葉を照らして、人影もなく、木草が侘《わ》びしくゆれた。為造の顔色が変わった。外聞《がいぶん》もなく、身一つの安堵《あんど》を願い、忠治の前に土下座して謝罪するよりほかはない。

「すまない。どうぞ勘弁してくれ。この通り手をついて謝るから」

忠治はあまりの呆気《あっけ》なさに、張りつめた気もゆるんで、そのまま国定村へ引き返した。その日かぎり為造は本間の道場へ顔を見せなくなった。

こういういきさつから、忠治はぜひとも江戸へ上《のぼ》ろうと思い詰めたのだった。

二　放れ駒

1　ふたたび賭場《とば》へ

一度は諦《あきら》めた江戸上《のぼ》りの念願が、ふたたび忠治の胸をかき乱した。為造の手前、何としても浅草寺の奉納試合に立派な勝ち星をおさめて帰らねば、晴れて赤城の山も仰《あお》げないと思いつめて、矢も楯も堪《たま》らず、旅費の工面《くめん》を頼むためこっそり田部ヶ井村へ出向いた。しかし、叔母のお梅の懐《ふところ》もおよそは知れたもの。

思案に暮れつつ早川橋の袂《たもと》まで来ると、なかば腐った橋の欄干《らんかん》に寄りかかってぼんやりと川瀬を眺め入った。ゆらゆらと流れゆく川柳の葉の青み、汗ばむような空の雲は南へ軽く流れていた。しばらく眼を閉じて考えていた忠治は、何を思いついたか、

「うむ、そうだ」

と独《ひと》り言《ごと》して、にっこり笑った。

思い出されるのは過ぎし年の春、この林の奥で源三の折檻《せっかん》を受けたとき、三分《さんぶ》の金が二両になると聞いた博打《ばくち》というもの。忠治はそれを思い出して内懐《うちふところ》の財布の重みを図《はか》ってみた。母の情けの小銭はいまだいくらか残っている。これを元手に博打をやって、うまくいったらつかみ取りの賽《さい》の儲《もう》けを旅費に、江戸へ上《のぼ》ろうと考えたのである。

忠治はにわかに元気づいて、膝を包む春草を踏みわけ、うろ覚えの木枝をくぐって窪地へたどり着いてみたが、春の鳥が変わらずにさえずるばかりで、人影は無かった。忠治は失望した。しかし、がっかりしていてもはじまらない。賭場《とば》へ行ってみた

さの一心から、林を抜けてほど遠からぬ六道ヶ辻へ出ていった。六道ヶ辻は街道筋の十字路で、安旅籠《やすはたご》の行灯《あんどん》もかかり、煮しめ小皿に濁り酒を汲む村の若衆の遊び場所であった。

忠治は六道ヶ辻の田中屋という小料理の縁先に腰掛けて、飲みたくもない二合半《こなから》（二合五勺の酒）に土筆《つくし》のひたしをめでていると、さっきから茶碗酒をあおっていた二人連れの遊び人が、

「ぼつぼつ出かけようか」

と外へ出たので、忠治も何気なく勘定を払ってその後から見え隠れについていった。やがて二人はとある杜《もり》の蔭の細道を稲荷堂の横手に消えた。

「しめた。今日はここでやっているのだな」

忠治は足音を忍ばせて緑の影に入っていった。

2　バクチの種明かし

稲荷堂の裏手の木陰《こかげ》には二〇人余りの博徒《ばくと》が、車座《くるまざ》になって丁半《ちょうはん》を争っている。もしや知る人でもいるだろうか、との気兼ねから、木蔭に潜んでそっと辺りを見まわしている忠治の肩を、軽く叩いたものがあった。

「小旦那。あなた何しにこんなところへお出でなさった」

「……」

恩人の曲沢《まがりざわ》の富吉親分だった。忠治は声をかけられて立ちすくんだ。富吉の問いに、忠治は包み隠さず江戸旅立ちの顚末《てんまつ》を打ち明けた。すると富吉は何も言わずに稲荷堂の裏縁まで連れてゆき、懐から五両の金を取り出して忠治へ与え、

「何年かかって返そうとも勝手次第、ビタ一文の利息も、もらおうというのじゃあ

ねえから、安心してお使いなせえ。……重ねて言いますが、決してこんな仲間へ入っちゃあいけませんぜ」

と語り、忠治の顔をじっと見て、

「あなた方のような素人が、家や蔵を棒に振っても、とても利得のあるはずはないのですから……。諦めのつくように、バクチの種を明かしてご覧に入れやしょう」

と言って、富吉は子分を呼んで賽《さい》と壺を取り寄せ、カラカラポンと伏せて、

「さぁ、今の賽《さい》は壺の内、それとも外」

と聞いた。忠治はもちろん内と答えた。蓋を開けると壺は空《から》。伏せたと見せた象牙の賽は富吉の掌《てのひら》へ握られていた。

「どうです。……この道で飯を食う奴はみんな、こうしたいかさまをやるんですから、あなた方がいくら意気込んだところで、無駄な肥やしを蒔《ま》くようなものですぜ。……亀の甲より年の功《こう》。悪いことはいいませんから、この後はぷっつり足踏みをなさ

ってはいけません」

忠治はなるほどと合点《がてん》して、五両の金を借りて家へ帰った。この一件は口をつぐんで父にも母にも語らなかった。その日も暮れてから、忠治は黙然と座って思案にふけっていたが、ふと納戸の戸棚から鰹節《かつおぶし》と小刀を取り出して、廊下伝いに定められた自分の部屋に入ってすっぽりと夜着をかぶった。

3　盗賊と戦う

襖《ふすま》をぴたりと閉めて、暗い行灯《あんどん》を引き寄せた忠治は、鰹節を削って四角の賽を拵《こしら》えはじめた。手製の賽ができると、袂《たもと》から取り出した茶碗の中へ賽を転がして、ぽんぽんと布団の上へ伏せてみた。彼は稲荷堂で富吉が振って見せた、賽の捌《さば》きがどうしても不思議でならなかったのだ。――富吉にできることが俺にできないはずはない。

もし俺に富吉ほどの腕があったら——思い惑《まど》う心の底には、消しがたい一縷《いちる》の火が明るく灯《とも》っていた。何不足ない庄屋の跡取りでありながら、こうしたことに興味を持つ性分は、やがて後年侠客《きょうかく》として名をあげる前兆であったのだ。

「からからぽん」

聞かれまいとの気苦労を忘れて、夢中になって賽の目の起伏を研究していたが、いつとはなしに降り出した春雨が、家の裏の垣根の葉を鳴らした。忠治は軽い疲れを覚えて、煙草盆を引き寄せたが、ふと不審な物音を聞きつけて、はっと顔を上げた、暗く長い廊下を隔てて父母の夜具《やぐ》を伸べてある奥の間の方から、耳慣れない人声が聞こえてくる。

「はて、こんな夜更けに」

と小首を捻《ひね》って考えていた忠治は、稲妻に触れたようにすっくと立ち上がった。——足音を盗んで手探りに近づいて行くと、静かに閉ざす障子のうちから洩れる声！

「やい。権太夫。庄屋の手元に三〇両や五〇両の蓄《たくわ》えがないはずはねえ。ぐずぐずぬかさず、出してしまえ」

気早な忠治はすぐにも飛び込もうと思ったが、待てよと心を取り鎮《しず》めて障子《しょうじ》の破れからのぞいてみると、赤地錦の布《きれ》で面部を包み、同じ錦の手甲をはめて足拵え厳重な黒装束の六尺男が、水の垂《た》れるような抜刀《ばっとう》を突きつけて権太夫夫婦を脅《おど》かしているところであった。

忠治は全身の血が逆流するように覚えた。目前で、父母が両手を合わせて哀れみを乞う情けない光景を見ては、寸刻《すんこく》の猶予《ゆうよ》もならない。彼は足音を忍ばせ部屋に取って返して、蛤刃《はまぐりば》（蛤のように刃先からの断面がなだらかな、分厚い刃）の木剣を摑《つか》んできた。

さっとはねたる枢《くるる》（戸の桟《さん》）の音。くせ者が不意に驚く間も与えず、忠治は木剣を振りかぶって襲いかかった。

「青二才めっ」

吠《ほ》えるように怒り立ったくせ者は、振り向きざまに大剣を取り直してぐいと双手青眼《もろてせいがん》につけた。

4　馬のすけだち

権太夫と女房はあまりの恐ろしさに畳の上へ突っ伏したが、わが子の安危《あんき》が気づかわれて身も世もない思い。なにとぞ怪我《けが》のないように神仏を願っているうちに、凄《すさ》まじいかけ声がくせ者の唇からほとばしった。くせ者は六尺豊かの大男、さらには大剣を閃《ひらめ》かせて斬ってかかる。ひらりと身をかわしつつ太刀風を避《さ》ける忠治の木刀は、みるみる削り落とされた。利かん気の忠治は、いっそ木刀を捨て、組み打ちをしようかと思ったが、もしや父母に怪我をさせてはいけない、と咄嗟《とっさ》の思案に身を翻《ひるがえ》して、一足飛《いっそくと》びに廊下へ駆け出すと、どうっと雨戸を蹴りはずして、庭先へひらりと降りた。

「逃がすものか。……おのれ」

くせ者もつづいて庭に立ったが、しとしと降る春雨の闇に、腕を限りに斬り結ぶ凄まじさ。忠治は真剣での戦いに慣れていない。気を抜けば滑ろうとする足下を危うく踏みしめながらしばらくは争ったが、奇智《きち》に富んだ忠治は、何を思ったかいきなり木刀を引っ込めて、小石のように身をかがめてかたわらの厩《うまや》に飛び込むと、支木をはずして飼い慣れた鹿毛《かげ》の尻を力任せに叩きつけた。不意をくらった鹿毛は、ヒヒーンと高く嘶《いなな》きながら、寝藁を蹴って踊り出す出会い頭に、くせ者の肩先をくわえて一振り振ると、くせ者は地響きたてて打ち倒れた。忠治は得たりと踊りかかって、骨も砕けよと木剣を打ち込んだので、さすがのくせ者も悲鳴をあげた。

「みんな出てこい。くせ者は捕まえたぞ」

いままで屋内でおどおどしていた作男たちは、これに勇気を得て棍棒《こんぼう》をひっさげて駆けつけて来た。

「誰か、縄を持って来て、ふん縛れ」

忠治はくせ者を膝下《しっか》に組み敷いたまま言葉せわしく指図《さしず》する。――くせ者は俵《たわら》のようにきりきりと縛りあげられて、庭の桃の木に縄尻を繋がれた。――雨はあがって、薄明るい空には生ぬるい風がしっとりと動いていた。

権太夫夫婦はうろうろしながら庭先まで出かけて来たが、忠治の無事な顔を見ると、声を曇らせて涙を拭いた。

「忠治。お前は何という馬鹿なことをするのだ」

権太夫は血の気のない額の汗を拭きながら、物怖《ものお》じした眼を瞬《しばたた》いてじっとわが子の顔を見つめた。

5　赤根小僧の鉄九郎

忠治は父の言葉を聞くと、まったく意外の感に打たれた。——褒《ほ》められこそすれども、たしなめられようとは思いも寄らないところであった。権太夫は、それには頓《とん》着《ちゃく》なく、農耕馬《のうこうば》の鹿毛《かげ》に近づいて、ぴたぴたと首筋を叩きながら、つぶやくように礼を言った。

「よく忠治を助けてくれた。お前がいなければ可愛い倅《せがれ》はどんなことになったかも知れぬ。……これからは野良へは使わない。倅《せがれ》の命の恩人として一生楽に飼ってやるぞ」

子を思う身は焼け野の雉《きじ》と同じ。奉公人の手前を繕《つくろ》うことも忘れて、瞼《まぶた》の涙を拭く。母は母で、桃の木の根に縛られたくせ者をみて身震いしながら、忠治の袖をぐいと引いた。

「あんな悪い奴は、どんな仕返しをするかも知れないから、早く縄をほどいて放してやっておくれ」

忠治は迷った。それもこれも、父母のためならばいたし方もない。これほどまでに思ってくださる両親の嬉しい情け、すべてはわが身によかれとの思いにほかならない。——そうだ、放してやろう。——と臍《ほぞ》を極めると、くせ者の後ろに回って縄尻を解こうとした。そのとき、早くも村役人の一群が手に手に提灯をさげて入ってきた。もはや、忠治の一存で逃してやることもできなくなった。事の顚末《てんまつ》はすでに村役人が承知していたのだ。

くせ者の面体《めんてい》を調べるために、提灯を近づけ、顔の錦の布を引き剝《は》ぐと、さすがのくせ者も面《おもて》を伏せた。

「何だ。手前《てめえ》は田部ケ井《たべがい》村の紺屋の、浅吉《あさきち》じゃねえか」

皆がわやわや騒ぎ立てると、くせ者はきっとなって、

「やかましい。俺をただの紺屋職人と思っているのか。……もったいねえが聞かせてやる。尾州無宿の赤根小僧の鉄九郎《てつくろう》というのは、この俺だ。よく面《つら》を拝んでおけ」

不敵な口上を聞くと、村役人は顔を見合わせて口を噤《つぐ》んだ。――赤根小僧の鉄九郎は人相書きを配ってのお尋ねもの。これほどの大賊《だいぞく》を首尾よくからめ捕《と》った偶然の手柄は、忠治の名を高める序幕となった。赤根小僧は夜明けに引っ立てられて、木崎の駅へ出張中の関東巡吏青山録平太《あおやまろくへいた》のもとへ送られた。青山巡吏から忠治に褒美《ほうび》として青銅五貫文が直接下附《かふ》された。

6　青年忠治の決意

赤根小僧の一件以来、権太夫は血気にはやる忠治の将来を気づかって、一室に篭《こ》も

ったまま気持ちの晴れる日もなかった。

「お前がわしらの身を思って、赤根小僧とやらに向かってくれた志《こころざし》は嬉しいが、決してそれは孝行ではない。かえってわしらの命を縮める親不孝の骨頂《こっちょう》じゃ。もしお前があのくせ者の手にかかるようなことでもあったら、取り残されたわしや母親はどうなると思うんだ。千両箱は稼げば積める。しかし、かけがえのない子宝は家屋敷にも替えられない。のう、お前はわしらの大事な跡目《あとめ》、爪一枚でも粗末《そまつ》にすれば、これ以上の親不孝はないのじゃぞ」

鼻啜《すす》りつつ語る慈父の言葉に、忠治は肩をすぼめて聞いていた。申し訳のない軽はずみ――ひしひしと骨身に応える戒《いまし》めは誠に当然であるが――それを思い、これを思い、江戸上《のぼ》りをふっつりと思い諦めた。

しかし、忠治は何度考え直しても、このまま空しく懐《ふところ》手《で》をして庄屋の旦那で終わるのは男一匹《おとこいっぴき》として、生き甲斐《がい》の無いように思えてならなかった。思案を重ねた結果、やはり、何とかして人の頭に立つ華々しい舞台を踏もうと決心を固めた。まず第一に彼の胸に映った面影《おもかげ》は、赤堀村の撃剣師匠、本間千吉郎応吉、次に恩人曲沢の富吉親分であった。いずれも多くの人々から立てられる立派な男。――忠治は数日間いろいろと考えた末に、後者を採《と》ることに決心した。

「よし、俺も博徒《ばくと》になって、腕一杯やってみよう」

忠治の胸は、澄みゆく月のそれよりも、明るく清々《すがすが》しくなった。

7　富吉親分のもとへ

夜の明けるのを待ちかねて、忠治は曲沢村へ出かけて富吉親分を訪ねた。二、三〇〇の子分を顎《あご》で使う富吉親分の家は広大で、障子を明るく開け放した奥座敷に胡座《あぐら》をかいていた。忠治はすぎし日の恩義を謝し、思うところあって江戸上りを止めたからと前置きして、五両の金を返した。

「そうですかい。不要とあれば確かに受け取りますが、……わしのような暗い稼業《かぎょう》の者が御用立てしたのが、お父様のご機嫌に障ったんじゃありますまいね」

「いいえ、決してそんなわけじゃありません。ご拝借のことは親父《おやじ》の耳へは入れませんでしたので」

富吉親分は六道ケ辻で出会った時よりもはるかに貫禄があり、話の糸がさらりと解けると、忠治はずいと膝を進めた。

「今日は忠治一生のお願いがあって参りました。どうぞ、只今《ただいま》から私を子分にしておくんなさい」

「えっ、お前さんを子分に」

「そうです。これにはいろいろわけがあります」

と、忠治が語る決意の裏には、男らしい血の轟《とどろ》きが籠《こ》もっていた。一部始終を聞き終

わった富吉は、

「ようがす。それほど思いつめなすったとなれば、俺《わし》がきっとお引き受け致しましょう……だが、子分というのはいけない。いっそのこと、俺《わし》と親子の盃をしちゃあ下さるまいか」

「……親子の……盃、それでは子分衆が納まりますまい」

「その心配はいりません。俺《わし》の眼鏡《めがね》で縄張りを譲ろうと譲るまいと、何の文句があるものですかい。今だからぶちまけてお話ししますが、じつは俺《わし》は前々からお前さんの気《き》っ風《ぷ》に惚《ほ》れ込んでいたのだが、まさか庄屋の小旦那に言うこともならず、わざと理屈っぽく意見したようなわけでした。まずは、一盃内輪だけで祝いましょう」

富吉は上機嫌で、近くの村の主立《おもだ》った子分を呼び寄せ、改めて忠治を義子にする旨の披露をした。

「忠治の指図《さしず》に不服のあるものは、遠慮なくこの場で俺に盃を返してもらいたい」

富吉の身内で、忠治の風下に立つのが嫌だというものは一人も無かった。家柄、人品《じんぴん》、さらには勝《すぐ》れた腕前まで三拍子揃《そろ》った若衆姿は、こうした社会にはもったいないほど水際立って凜々《りり》しく見えた。めでたく身内の祝いが済むと、忠治は家へ帰らずに富吉の家の二階に寝た。

「さだめし、父も母も心配しているだろう」

寝そびれて聞く初蛙《はつかわず》にも、父の家から探し歩きの提灯《ちょうちん》が右へ左へ出入りする光景がまざまざと瞼《まぶた》に映った。しかし今さら、未練の涙はなかった。翌日も、翌々日も、曲沢の富吉の家へは、諸方の親分からの祝いが絶えなかった。

8　曲沢一家の若親分

忠治が曲沢一家《まがりざわいっか》の若親分に立てられると、富吉は連日連夜、四方八方の客人を引

き受けて、

「めでたい、めでたい」

と、祝いの盃を汲んだ。一方、国定村の庄屋権太夫は、ようやく忠治の所在を突き止めて、再三の迎えをよこしたので、忠治は気乗りせぬまま、一度家へ帰ることとなった。――富吉は忠治のために銅輪造りの長脇差と甲斐絹裏の長羽織を用意して、なおその上に、二人の子分に数々の土産を持たせた。

「忠治、髷《まげ》を直して行け。それじゃあ堅気《かたぎ》らしくって似合わねえ」

姑《しゅうと》が嫁の晴れ姿を気づかうように、前に立ち、後ろに回って惚れ惚れと忠治の姿を眺め入った。村の床屋の手際よい梳《す》き櫛《ぐし》で、男ながらも梅花の油も匂《にお》やかに結《ゆ》い直された。

権太夫の家には、田部ケ井村の叔父卯右衛門夫婦をはじめ、親戚の五、六人が集まって忠治の戻りを待っていた。――曲沢村から国定村までのどかな春の道すがら、子分をつれた忠治とすれ違う在所の人は変わった姿に眼を見張って、頬被《ほおかむ》りを取るのも、挨拶さえも忘れていた。忠治の戻りを喜んで門口《かどぐち》まで出迎えた母親は、思いもかけぬ服装《いでたち》に驚いて、ものもいわず袖を控えた。

「忠治。……その髷は……その羽織は……」

口籠《くちご》もる言葉の接《つ》ぎ穂《ほ》に、忠治は顔を背《そむ》けて苦笑した。

「子細《しさい》は、これから申し上げますから」

と座敷へ通って、父親の権太夫の前へ両手をついた。

「皆さんにお願いがございます。なにとぞ、この長岡家の跡目《あとめ》は弟の友治に譲り、忠治は今日限りこの世に亡いものと思ってくださいますように」

一座のものは顔を見合わせるばかりで、何と答える術《すべ》もなかったが、所詮《しょせん》は止め難き覚悟の体《てい》に思い諦《あきら》めるよりほかはない。それでも父と母とは肉親の恩愛に繋がれて、涙を拭きつつ、捨てるに惜しい天晴《あっぱ》れな男振りを惜しんで泣いた。

「なあ、権太夫さん。こうした忠治の姿を見れば、今さら何を悔やんでも後のまつり、髪をおろした坊さんも同じことだ。諦めてしまわっしゃい。――あなたの胸の底はお察しするが、友治に譲るも忠治に譲るも家門役柄変わりなしじゃ」

取りなし顔に唇を切ったのは卯右衛門であった。権太夫はそれには答えず、じっと忠治の髷風をみて、おろおろ声で叱りつけた。

「その髷はなんじゃ。みっともないわ……この年になってこのような不幸な目に逢《あ》うのも因果《いんが》だ。何にも言うまい、たった今から出て失《う》せろ。親でもなければ子でもない。……ああ長い夢を見たわい」

悲しみの心を隠して、気強くその座を立ってゆく父の影を、忠治は心に両手を合わせてもったいないと伏し拝んだ。

こうして忠治は放れ駒の自由な身になった。

三　人の情

1　一〇〇人の子分を持つまでに

表向きは勘当《かんどう》となって、忠治は産湯《うぶゆ》をつかったわが家を離れ、同じ村に別居して一本立ちの俠客《きょうかく》となった。後ろには富吉が控えているばかりでなく、忠治の勝《すぐ》れた腕前はめきめきと仲間を凌《しの》いで、一年ならずして一〇〇人余の子分ができた。――忠治は富吉から譲られた縄張りを見回るかたわら、如才《じょさい》なく八方と交際していたが、権太夫方では晴れて出入りの許されない忠治のために、母も弟の友治も、父に隠れて金の

包みを運んでくるので、忠治は男を立てるための晴れの交際に事欠くようなことはなかった。

こうして三年がすぎた。

忠治も二一歳の春を迎え、日の出の親分として飛ぶ鳥を落とす羽振りを利《き》かせた。一方で富吉親分はその年の秋のはじめの風の冷たいときに、ふとした風邪から寝込み、看護の甲斐もなく日に日に病気は重くなるばかりか、忌《い》まわしい熱病ときまったので、伝染するのを恐れて子分たちさえ、だんだん近寄らなくなった。

忠治は日夜詰めきりで親身も及ばない看護に努めたが、富吉の命の蔓《つる》は、啼《な》き細る虫の音とともに儚《はかな》く消えようとした。今宵も手づから行灯《あんどん》の壺に油をついで富吉の枕辺に運んだ。うつらうつらと夢に入る悪熱の悩み、病み呆《ほう》けた富吉は、物憂き瞼《まぶた》にうつる灯を恋しく思って、細く力なく眼を見開いた。

「義父《おとっ》さん、気分はどうです」

忠治は優しくたずねた。

「ありがとう。……そういってくれるのはお前ばかり。……愚痴《ぐち》じゃねえが、面《つら》も見せねえ子分の奴らは」

と身をもがく悔しさ。忠治はいろいろと慰めて、静かな眠りにつかせようとすると富吉は急に淋《さび》しく笑いながら、

「なあ、忠治。俺も歳に不足のない身体、明日をも知れねえ極楽詣りに、辞世《じせい》とやらを考えておいた。すまねえが書き留めてくれ」

と。いわれるままに、忠治は硯《すずり》箱を持ってきてさらさらと墨《すみ》を擦《す》った。忠治は筆を取り上げて、

「義父さん聞かせてもらおう」

と声をかけた。床に啼《な》く虫はちろちろと露を運ぶ。戸外の風が深みゆく闇を撫《な》でて、庭木の梢《こずえ》に三日月が侘《わ》びしく上がった。

2　曲沢富吉親分の辞世

月花も及ばぬ我は楽しみに　五八年今日ぞ賽《さい》なら

もつれる舌に消える言葉を書き留めたあと、忠治は小首を捻《ひね》っていたが、

「義父さん。終《しま》いの句が歌らしくないから、直したらどうです」

「うむ。俺の石塔に彫ってもらうのだから、体裁《ていさい》よく直してくれ」

忠治は即座に筆に墨をついで、

月花と我は思うて楽しみに　身をぞ委《ゆだ》ねて今ぞ散りぬる

と読み聞かせると、富吉はさも嬉しそうに頷《うなず》いて、

「忠治、水を一杯」

と言う。いい知れない侘《わび》しさを堪えて、井戸から清らかな水をくみ、枕辺にすすめた。富吉は美味《うま》そうに飲んだ。その夜の暁《あかつき》、富吉の容体はにわかに変わって、霜の消えるころに還《かえ》らない旅へと急いだ。

枯れゆく幹の円い影に、落ち葉がはらはらと乱れ染めた。——富吉の柩《ひつぎ》は秋草白い野の路を、隣の村の菩提寺へ運ばれた。——恋も涙も土饅頭《つちまんじゅう》のそれが名残《なごり》、追善の経、供養の鐘《かね》も、日を経《へ》るままに忘れられて、四十九日の忌《い》み明けの朝、心ある子分たちが富吉の旧居に集まって行《ゆ》く末《すえ》のことを相談した。何しろ上州一円には、島村の伊三郎、山王の佐膳をはじめ、多くの親分が縄張りを持っているので、ともすれば男の意地を争う喧嘩沙汰《けんかざた》が絶えなかった。自然、曲沢一家でも、一日も早く富吉の意をついで忠治を跡目にしようとしたが、忠治は辞退して引き受けなかった。時のたつの

は早いもので、富吉の命日がやってきた。これを機に、忠治を親分に押すこととなった。忠治は、

「父親の冥福《めいふく》のために」

との前提《ことわり》のもと、曲沢一家を束《たば》ねることとなって、盛大な披露の宴を開いた。改めて、親分子分義兄弟の盃《さかずき》が交わされ、たちまちにして二〇〇余名の子分が国定へ出入りするようになった。

3　忠治の戒《いまし》め

忠治は子分を集めて、風呂吹き大根を肴《さかな》に濁酒《どぶろく》の壺を汲《く》みつつ、口癖《くちぐせ》のように戒《いまし》めた。

「親兄弟を粗末にするなよ。妻子を泣かせて賽《さい》を弄《いじ》るようなものは、ここの閾《しきい》をま

たぐことはならねえぞ。一家一門は同じ幹に咲く花だ。自分ばかりが栄華をしては天道様の罰《ばち》が当たるぞ」

また、折りに触《ふ》れては怖い眼《まなこ》に殺気を含んで、二、三の子分をこういって叱《しか》った。

「手前《てめえ》たちはなぜ村方の百姓衆の財布をしごく。さあ、たった今返してこい。……一粒幾らの汗で貯めた大切な金だ。これからもあることだ。心得違いしちゃあいけねえと丁寧《ていねい》に断るんだ。決して一緒になっちゃあならねえぞ」

忠治が父母に背《そむ》き、生家を離れて俠客の群に投じた真意は、まさにここにあった。猫の額《ひたい》ほどの畑を耕して生涯を送る小百姓を相手に、賽を振る卑《いや》しい博徒《ばくと》の振る舞いを憎んだ。あくまで男の意地を楯に、晴れがましい任俠《にんきょう》の道を歩もうとの覚悟からであったのである。

忠治は自家の裏手に道場を設け、武者修行《むしゃしゅぎょう》の浪人を泊めて、いく度か竹刀の冴《さ》えを比べたが、十中の七、八は忠治を打ち込むほどの剣士ではなかった。忠治は子分にも撃剣や柔道の稽古を勧《すす》め、みずからは毎朝暗いころに道場へ降り立って身心の鍛錬《たんれん》を怠《おこた》らなかった。たまたま赤堀の道場へ顔を出すと、多くの門弟たちは忠治を蔑《さげす》む風情はなく、かえって親しみの眼を持って迎えてくれるのみか、連れ立って忠治の邸《やしき》の道場へ遊びに来るものさえあるので、世の常の博徒とは違って、きわめて品よき美しき気分が親分子分の間に溢《あふ》れていた。

日に月に鮮やかになりゆく一門の面目《めんもく》、忠治はこれに油断せず、富吉親分時代からの肝煎《きもい》り清五郎を後見となし、三木の文蔵《ぶんぞう》、板割の浅治《あさじ》（別名、板割の浅太郎、植木の浅治）、五目牛《ごめうし》の千代松《ちよまつ》、相州無宿の新十郎を四天王に取り立てて、陣容《じんよう》を整えた。こうして忠治はときどき子分を連れて縄張りを見回る道すがらの茶店や小店に休んでも、過分な茶代を盆に置いて、もの優しい親分様と崇《あが》められていた。

4　叔父の卯右衛門の好意

叔母のお梅は懐かしい甥《おい》の忠治の顔をみると、自分の髷《まげ》が小さくなるのも忘れて喜んだ。日ごろは眉をひそめがちな叔父も、どうした風の吹き回しか、滅多《めった》になく酒肴などを取り出して待遇しながら、国定の権太夫のことやら家督のことなど、裏表から話しかけた。しかし、忠治はかねての所存もあり、

「何事もよろしく」

とばかり卯右衛門の後見を頼み入った。卯右衛門の笑顔の陰に、いかなる巧みの罠《わな》があったかは、忠治の思いもよらないところであった。卯右衛門は忠治に酒をすすめながら、

「所詮《しょせん》、一生を侠客で終わろうとするのならば、男を売るべき晴れの披露をやらね

ばなるまい」

と持ちかけた。忠治が差しあたって何百両というまとまった金がない旨を語ると、卯右衛門はここぞとばかり肩肘張って膝《ひざ》を進めた。

「その金は俺が用立ててやろう。切っても切れない叔父甥《おじおい》の仲だ。黙ってみていては世間へも面目ない」

意外の好意にあ然とする忠治を尻目に、卯右衛門は奥の小簞笥から五〇両の包みを二個取り出してきた。忠治は衷心《ちゅうしん》から感謝の意を表して国定村に帰りつくと、四天王をはじめ主立《おもだ》った子分を集めて相談し、四月一七日を期して八方の客を招くことを取り決めた。卯月一八日は東照宮祭礼に当たり、関東一帯でにぎわい浮かれ騒ぐ習慣なので、特にこの日を選んだのである。こう決まると国定身内の忙しさは一方《ひとかた》ではない。折り目のついた羽織を着た使いのものが、次から次へと「浄瑠璃興行と粗飯呈上」の招き状を持ち回った。

四　忠治の浄瑠璃興行

1　晴れの披露

当日は願い通りの快晴だった。霞《かすみ》をかぶった赤城山のふもと、かねて噂《うわさ》の高い忠治の浄瑠璃興行を楽しみに、近郷近在の老若男女《ろうにゃくなんにょ》は朝のうちから着飾って、ぞろぞろと押しかけてきた。宵宮《よいみや》かけて客を呼ぶ農家の軒には、人々が遠く近く訪ねてくる知《ち》己親戚《きしんせき》の誰彼を待ちながら、豪勢な忠治の振る舞いを褒《ほ》めそやしていた。忠治は自分の家ばかりでは、とても多くの客人に膳が足らないので、隣近所四、五軒の座敷を借りて掃除させ、箒目《ほうきめ》のあとも清らかな自宅の入り口には筆硯《ひっけん》帳面を机に載《の》せて、四天王がかわるがわる客を受けることにした。

朝陽がだんだん温《ぬく》くなると、そよそよと吹く心地よい風に浮かんで、神楽囃子《かぐらばやし》や手品の囃子《はやし》が面白く聞こえてくる。江戸の流行《はやり》ののぞき眼鏡や影芝居に集まる子ども。茶屋でサザエの壺焼きを漁《あさ》りながら濁酒《どぶろく》を飲む若衆たち。忠治は子分に申しつけて、幾千袋の珍しい菓子を年寄り子どもに分け与え、鏡を抜いた薦被《こもかぶ》りに柄杓《ひしゃく》を添えて持てなした。

「親分の身祝いだ。遠慮なしにやってください」

元気よく世話を焼く子分の顔は晴れ晴れとしていた。――忠治から案内を受けた諸方の親分、あるいは村々の役人たちは各自、分相応な鳥目《ちょうもく》の包みに水引《みずひき》をかけて、

「おめでとうございます。これはほんの手札《てふだ》がわりです」

と、帳場へ差し出すと、

「これはこれはご丁寧《ていねい》にありがとう存じます。どうぞこちらへお上がりなすってください」

と膳札《ぜんふだ》を渡す。村内から借りてきた給仕《きゅうじ》の娘たちが、赤い袖に言葉も軽く、次々に座敷へ案内する。一切平等の到着順で定められた膳札にくつろいで、へだてなく飲み唄《うた》う座敷へ、忠治は立派に着飾って万遍《まんべん》なく挨拶に出た。権太夫婦も、余所《よそ》ながら忠治の手許にすくなくない金品を送って身祝いの花を飾った。時がたつままに、村内はお祭りのような騒ぎ、浄瑠璃の三味《しゃみ》の音色が冴えしきるころには、名高い親分たちも子分を連れて客に来た。

歓楽の一日。――二〇〇余名のお客膳が、山のように勝手口に積み上げられたころ、忠治の家の帳場に入ってきた七人連れの客人があった。

「これは島村の親分。よくおいで下さいました。子分衆もご苦労様です」

帳場に居合わせた三木の文蔵が下へも置かず挨拶すると、島村の伊三郎は底意地《そこいじ》悪

い眼を光らせながら、

「文蔵、しばらくだな。忠治が居るならちょっと会いたいと、そう言ってくれ」

と、けんもほろろの口上であった。

2　ケンカ腰の伊三郎

喧嘩《けんか》の下心を秘めて、めでたい座敷へケチをつけに乗り込んできた島村の伊三郎は、何かにつけて評判のよい忠治の勢力が妬《ねた》ましくてたまらなかった。折りあらばと待ち構えていたところに、ちょうど浄瑠璃興行の招きに乗じて子分の者にも旨《むね》を含め、もしも忠治が気まずい返事でもしたら、仔細《しさい》かまわず斬り込むことに腹を決めて乗り込んできたのである。文蔵は早くもその気勢《きせい》を見てとって、むらむらと気が立ったが、わざと心を押し鎮《しず》めて上がり框《かまち》にかしこまった。

「親分はただいまお客人の相手をいたしておりますが、早速《さっそく》呼んでまいりますから、まず奥へお通りなさって」

「なに、客人の相手をしていると、それじゃあ俺は客じゃねえのか」

「とんでもないこと。……ちょっと手が離せないと思いましたから、俺でもわかることなら、承《うけたまわ》ろうかと思いまして」

「ふふん。手前《てめえ》みたいな三下奴《さんしたやっこ》でわかることなら、わざわざ国定くんだりまで、下肥《しもごえ》（人の糞尿《ふんにょう》を肥料としたもの）を嗅《か》ぎに来やしねえや」

伊三郎はあくまで喧嘩腰である。文蔵も忠治の身内で四天王に数えられる男、唾《つば》せんばかりに面罵《めんば》されて、我慢もしきれなくなった。

「島村の親分。あんたは喧嘩の売り込みに来なすったのか」

血相を変えて脇差を引き寄せると、伊三郎の子分たちも一斉に脇差に手をかけて左右から詰め寄った。

「売り込んだらどうする!?　みごと手前《てめえ》が買って出る気か、あはは。よせよせ、そんなものを捻《ひね》くりまわしても、手前と俺とでは提灯《ちょうちん》と釣り鐘だ。とても相場の折り合いはつかねえから、四《し》の五《ご》のぬかさず、忠治を呼んでこい」

人もなげに暴言を吐いて、ぬっと突っ立った不敵な面《つら》。文蔵は身を震わせて片膝立てた。襖《ふすま》越しにさっきからの一件を聞いていた、相州無宿の新十郎と植木の浅治とは、突然着物を脱ぎ捨て素っ裸で、脇差を摑んでその場へ割って入った。

「待った、待った。喧嘩の売り買いに上下の区別はあるめえ。喧嘩は俺ら二人が買った。売らねえといっても買って見せるぞ」

伊三郎も、子分の者も、戸外に群がり重なった老若も、この威勢にたじたじと退《しりぞ》いた。――伊三郎も目算《もくさん》が違った。――たかがこのごろ売り出しの国定一家、俺の名前を聞いたばかりで、土下座でもするだろうと思って来たのに反して、どれもこれも骨の硬い応接ぶりに密《ひそ》かに舌を巻いたものの、今さら退《ひ》くにも退かれない。

3　難くせの数々

浄瑠璃を聴く群れから離れて引き返してきた忠治は、伊三郎と子分たちとの思いの外の光景に驚いたが、そのまま捨て置けない瞬間に割り込んだ。

「御客人に向かって、何という様《ざま》だ。浅治、新十郎、早く引っ込まねえか」

忠治のひと言に、命知らずの面々も肩をすぼめて奥へ引っ込んで、着物を引っかけてきた。忠治は伊三郎の前へ懇《ねんご》ろに両手を下げた。

「つい俺の不行《ふゆ》き届きから、とんだ失礼をいたしまして、何とも申し訳ございません。いずれ親分のお顔の立つようにお詫《わ》びをさせますから、今日のところは俺に免じて機嫌を直しておくんなさい」

あくまで下手に出る忠治の義理を知ってか知らずか、伊三郎は立ちはだかったたま

ま、軽く頷《うなず》いて、

「ほかならねえ忠治どんが詫びるというなら、この場は何にもいいますまいが」

と奥歯に物のはさまった物の言いよう。——この掛け合いを聞きつけて集まった子分たちは、常に似ない忠治親分の温和さに腕をさすってひしめき騒いだが、かといって自分から乗りだせば、かえって忠治の小言を聞くことになるのも辛い。——まず雲行きを見るよりほかはない。

「ありがとうございます。さあ、子分衆も奥へ通って一杯祝っておくんなさい」

島村の子分衆が上がり框《かまち》に草履《ぞうり》を脱ごうとすると、

「おっと待った」

伊三郎が呼び止めた。

「忠治どん、酒の馳走にもなろうが、少し肴《さかな》に注文がある」

「ほほう、肴《さかな》のご注文……ようがすとも、草深い国定でも裏田んぼを探したら、お口に合うものもありましょうから、ははは。座敷へお通りなすって……その上で承《うけたまわ》りましょう」

「いや、まず肴の話から決めてもらおう」

「話を決めろ……承知しやした。一体どんな肴がご所望なのか承りましょう」

真綿《まわた》に針のちくりちくり。何事もわが身の祝いと堪《こら》えていた忠治も、あまりな相手の執念に腹を据えかね、開き直ってどっかりと腰をおろした。

「ほかでもねえが、今日の肴に、伊勢崎、木崎、堺の縄張りに熨斗《のし》をつけてもらいたい」

「これはまた妙なお好み。右から左へおいそれとも参りますまい。追って、ご挨拶は後から申し上げましょう」

「待てねえ。唇から外へ出したことは是が非でも通すのが俺の気性だ。忠治、否《いや》か応《おう》かきっぱりと返事をしろい」

「あはは。それじゃあお主《ぬし》は真っ昼間、縄張り泥棒に来たんだな」

「なにい、青二才め」

伊三郎は脇差に手をかけた。——その肘《ひじ》を横合いからぴたりと押さえて、

「島村……大人げねえじゃねえか」

と声をかけたのは山王佐膳《さんのうさぜん》だった。

4　日光円蔵との出会い

危《あや》うく血の雨を降らそうとする出入りの端《はし》を押さえた山王佐膳《さんのうさぜん》は、当時評判のよい親分であった。

「のう、島村。今日は国定の祝い事だ。腹も立とうが水に流して祝ってくれまいか」

それでもとは我《が》を張りかねて、伊三郎も忠治も拳をゆるめて座敷に打ち通ったもの

の、互《たが》いに解けない心のうち。忠治は仲裁人の顔を立てて、堺の街に二カ所ある賭場の一つを伊三郎に譲ることにして、上辺《うわべ》の和解はできた。しかし国定の身内はこれを根に持って、機会があれば復讐の血を振る舞いたいものと、無念の臍《ほぞ》を固めていた。

浄瑠璃興行の日は暮れ、忠治の披露の素志《そし》は達せられた。その後もしばらくは格別変わることなく、忠治は常のごとく縄張りを見回っていた。

ホトトギスの鳴き声を聞く五月はじめ、忠治は二人の子分を連れて堺の街へ見回りに行った途中、山王佐膳に出会った。二人は連れ立って常屋という割烹店の離れ座敷に通って昼餉《ひるげ》がてらの盃をとりあげた。ほろほろと酔う縁先に、柔らかく散る遅桜の花を愛《め》でつつ四方山話《よもやまばなし》に興じていた。忠治は中庭を隔てた店先に笠を脱いで入ってきた、うら若い旅の男女に目をとめた。男は目鼻立ちのきりっとした色白な若侍、女は赤い手絡《てがら》をかけた丸髷のほつれが侘《わ》びしく、疲れ果てた目堰笠《めせきがさ》（顔をかくすためにかぶる笠）、人目を恥ずかしがるように寄り添って腰をおろして二人分の食事を命じたが、どういうわけか女は箸をとりあげてもほんのちょっぴり。思案に暮れた涼しい眼には なぜか涙が光っていた。

5　これを路銀の足しに

堺町の茶屋の軒先で、昼餉《ひるげ》の膳を引き寄せた旅の男女は、何となく力無い素振《そぶ》りであった。早くも忠治は世の常の仲ではないと感づいたので、それとはなしに注目していた。

合歓《ねむ》の花はいまだ蕾《つぼ》まず。昼はしぼまない緑の葉のみが軒になよなよと伸びていた。気のなさそうに渋茶を飲んでいた旅侍が、何やら小声でささやくと、連れの女は頰を染めてわざと涼しい風を待つように装って、立ち上がって軒先から夢見るごとき眼をあげて、人影稀《まれ》な街筋の遠くを見やった。

「ご亭主、甚《はなは》だ申しかねるが、ちと御意《ぎょい》を得たい」

広くもない帳場先に座っていた主人の繁吉《しげきち》は、改まった客の言葉にへいへいと揉《も》み手をしながら、草鞋《わらじ》を突っかけて降り立って来た。

「旦那様、何か御用でも」

「実はご亭主、面目ないが恥を忍んでお願いしなければならない儀がござって……事の次第はこうでござる。拙者野州《やしゅう》日光のもの、それなる家内を連れて信濃路の伯母を訪ねての途中、昨夜の泊まりで旅金を盗まれ困却し、無一文で白々しく昼餉のご厄介になったことは幾重にもお詫びいたす。ついては今後の路金も入り用ゆえ、ご迷惑であろうが、この一腰を近くの質屋へ頼み置いて下さるまいか」

いく度も汗を拭き拭き言い渋る若侍は、閾《しきい》の外の若き妻を盗み見ながら、声を低めて頼み入った。常屋の主人繁吉は、商売柄に似つかわしくなく骨の硬い男であった。まだ世慣れない若侍の意中を察して、気の毒そうに差し置いた脇差を押し戻して、

「何の、そのご心配にはおよびません。お食事と申しましても、わずか二〇〇文のこと、またお通りすがりの節にお立ち寄り下されば結構でございます。旅に出て災難に遭えば、どなたでもお困りになるのは同じことです。そんなお気遣いをなさいますより、ゆるりとお茶でも召し上がりませ」

と気も軽く茶を淹《い》れかえて持ってきたが、件《くだん》の侍は納得せずに刀を差し出して、繰り返し質屋使いを懇願《こんがん》した。

繁吉は頑固一徹。むっとして帳場格子から青銅二〇〇文を包んで持ってきて、どしりと侍の前へ置いた。

「何も言わずに、これを路金の足しにしてお発《た》ちなさい」

旅侍は、はっとして顔をあげた。

6　偽侍《にせざむらい》で通す気か

思わぬ旅の災難を哀れむといえばそれまで、人情の前には武士も農夫も区別はない。常屋の主人繁吉は、昼餉《ひるげ》の代金を取らないばかりか、さらに二〇〇文を授けて、心細さの旅の慰《なぐさ》みにしようとしたのであった。お互いの押し問答もやがて終わって、旅の侍は繁吉の寸志を受けることとなり、一腰も元のように、幾度か礼を述べて附袴の紐《ひも》を結び直した。

佇《たたず》んで涙ぐんでいた女も、面映《おもはゆ》げに外骨傘《そとぼねがさ》を取り上げて口の内で礼を述べた。常屋の主人がよい気持ちで、

「気をつけてお出でなさいよ」

と送り出して、膳を引こうとすると離れ座敷でぽんぽんと手が鳴った。

「亭主、少し用があるから、あの旅の衆を呼んでもらいたい」

忠治の頼みに亭主が駆けだして、もしもしと二人を呼び戻した。――旅の男女は何やら小声にささやきながら引き返して、中庭を通って離れの縁の近くに来た。――忠治には罠があった。さっきから哀れとも気の毒とも思い眺めた男女の心を惹《ひ》いた上で、出来うるかぎりの便宜《べんぎ》を与えてやろうとの考えから、わざと態度も荒々しく盃を下において、

「お呼び立てしたのは俺です。まあ、そこへおかけなさい」

と蔑《さげす》むように声をかけた。旅の侍はそれでもなお腹を立てず、懇《ねんご》ろに小腰をかがめて連れ立つ女を後ろに囲った。

「何の御用か承《うけたまわ》りましょう」

「ほかでもないが、お前さんも侍に似合わぬことをするじゃねえか。亭主の人のよいのにつけ込んで食い逃げの上に、草鞋銭《わらじせん》まで持っていこうとは、呆れかえって物が

いえねえ。いい加減に仮面を脱いで詫びをしろ……それとも偽侍《にせざむらい》で押し通す気か」

忠治の語気のはげしさに、同座した山王佐膳も子分のものとまじまじと顔を見合わせて成り行きを案じていると、旅侍は忍び難き無念の拳を握りしめて、大剣の束へ手をかけた。その瞬間——燕《つばめ》のように寄り添った連れの女は、

「もし……円蔵さん。短気なことを……」

とすがるように男の腕を引いた。

7　関所の手札

円蔵と呼ばれた旅侍は我慢の唇を噛《か》んだ。

「いかようにも御推測は勝手じゃ。……身不肖《みふしょう》なれど両刀の手前、人の情けに生きようなどとは……」

身の恥、家門の恥。このままでは納まらない胸をさすって、懐から取り出した二〇文の青銅銭を縁側へ差し置いた。

「ご亭主、せっかくの御志《おこころざし》ながら御返却いたす。……御免くだされよう」

こみあげる無念を堪《こら》えて荒々しくその場をあとにする無垢《むく》な態度を、忠治はじっと見送っていたが、突然下駄を突っかけて追いかけ、呼び止めた。

「ご立腹は相済まないが、実はお心を試そうとしたための御無礼、真っ平御免なすって下さいまし。俺は国定村にいる忠治というもの、及ばずながら信州までの路銀はご用立ていたしましょう。まずあちらまで」

と再び常屋の離れ座敷へ引き返してきた。忠治は旅侍が若いのに似合わない堪忍袋の固いのに感服した。その裏には、晴れて争うことのならない落人《おちうど》の、肩身狭さの辛抱と思うにつけて、痛々しさが加わった。忠治は五両の金を与え、自《みず》ら道中案内記を括《くく》って、行くべき道を教えてやった。旅の侍は初めてしみじみと忠治の親切を感じ、改めて名乗るのを聞けば、野州日光の宮侍大森主計《おおもりかずえ》の一子円蔵、連れの女性は女房お浦と打ち明けての口上《こうじょう》。

「この御恩、忘却仕《つかまつ》りません」

泣きそうになりながら礼を述べて立ち去ろうとする男女を、またもや忠治は呼び止めた。

「関所の手札、お持ちかな」

急所をつかれた円蔵は、お浦と顔を見合わせて言葉もない。――それもそのはず、最初に忠治が見込んだ通り、丸髷こそは結《ゆ》っているが、お浦は円蔵の正妻ではない。

「手札が無ければ、大手を振って行けないだろう。あの山続きの信州へ越える裏山道も、女を連れての不案内では心許《もと》ない。ひとまず俺の家までおいでなさい。子分のものに送らせてあげますから」

と何から何まで行き届いた親切。円蔵もお浦も、胸のつかえを吹き消されたような心易さに、ほっとして榛名《はるな》に続く山脈を眺めやった。

8　円蔵、忠治の子分となる

忠治は円蔵とお浦を連れて国定村に行き、その夜、二人の身の上話を聞いた。

「面目《めんぼく》もござらぬが」

と前置きして、円蔵は語りはじめた。

——円蔵は、下野《しもつけ》日光の輪王寺宮《りんのうじみや》の宮侍《みやざむらい》大森主計《かずえ》の次男で、武道に励んでいた。ある年末の煤《すす》払いのとき、天井裏から白鞘《しらさや》の一刀を発見。研《と》ぎ師は名刀村正と鑑定した。父の供をして江戸に出た円蔵は、伝馬《てんま》町の牢屋で試《ため》し斬《ぎ》りの便宜《べんぎ》があると聞き、罪人の死骸で魔刀村正の斬れ味を確かめた。

円蔵は伝馬町から江戸屋敷への帰途、雪駄《せった》の鼻緒を切り立ち往生し、そのとき芸者お浦が難儀を救ってくれたのだった。そののち、運命のいたずらで、お浦は日光の塗り師瀧三郎に落籍《ひか》され、日光に来た。再会した二人の仲は深まり、お浦の伯母を頼って信州へ落ちのびようとしていた――

忠治は円蔵とお浦の話を聞くと、すぐさま日光に出向き、円蔵の剣の師匠大久保一《おおくぼいっ》角《かく》のはからいを得て、すばやく塗り師瀧三郎との不始末を解決する。円蔵は忠治と親分子分の盃を交わし、秘蔵の名刀村正を忠治に贈り、お浦とともに信州へ向かった。

五　伊三郎を切る

1　赤城山での因縁

山のつつじが咲くころ、赤城神社の神事を機会に、近郷の親分たちが盆茣蓙《ぼんござ》を敷くと聞き、忠治も三木の文蔵その他三〇余名の子分を連れて山へ登り、自分は湯の沢の宿屋にいてそれぞれへ指図《さしず》をした。五目牛《ごめうし》の千代松は瀧沢の不動へ、文蔵は赤城神社へ出向いた。国定の清五郎はよい場所でもないかと、子分を連れて赤城山上の湖畔へぶらぶら差し掛かった。

「兄貴。なにか喧嘩《けんか》のようですぜ」

「どれ、どこに」

子分の指さす湖近くの木陰をみると、見覚えのある島村の身内の鉄砲の玉吉など二、三人の博徒が素人くさい丸腰の男を相手に威丈高《いたけだか》に騒ぎ立てている。

「行ってみよう。ついて来い」

清五郎は長脇差を揺り上げつつ、急ぐともなく歩み寄った。清五郎は国定の身内でも分別盛りの売り出しの男。日ごろから反《そ》りの合わない島村の子分の喧嘩に、口をはさみたくはなかったが、だからといって任侠を本領とする忠治の縄張りを預かる身で、みすみす悪鬼の罠に泣く哀《あわ》れな犠牲者を捨てて置いて、行きすぎることはできない。ともあれ、理由《わけ》を聞いて、無事に済むなら済ませてやろうと思いながら近づくと、鉄砲の玉吉はじめ島村の子分たちはそれとも気づかず、わめいている。

「やい。お前は誰の身内でもない土百姓のくせに、賭場を開こうなどとはとんでもない野郎だ。それとも歴《れっき》とした肩書きのある立派なお兄さんか」

と妙に捻《ひね》った言いがかりに、大地に手をついた丸腰の男はかしこまって、

「どういたしまして……先ほども申します通り、俺は麓《ふもと》の村にいる浅治というつまらない百姓。ただ、好きな者同士で一文二文の賽銭博打《さいせんばくち》をいたしたばかり。御腹も立ちましょうが、今日のところはご勘弁《かんべん》なすっておくんなさい」

と、詫《わ》びを言うと、玉吉はせせら笑って取り合わず、なお執念深く苛《さいな》もうとする意地悪さに、清五郎は見るにみかねて木陰からずいと出た。

「兄い。しばらくだったな」

「誰かと思えば、国定の清五郎どんか……して、何か俺に用でもあんなさるのか」

「ほかじゃあねえが、そこにいる若い衆、どんな悪いことがあったかは知らねえが、あの通り謝っているのだから、許してやっちゃあくれめえか」

「何だと……この若造を許してやれと……利《き》いた風の口をきくな。いったい何の因《いん》

縁《ねん》で藪《やぶ》から棒に可惜口《あったらくち》に風ひかす（無駄口をたたく）のだ」

「そう怒られちゃあ話ができねえ。別に縁もゆかりもないが、通りすがりで見たり聞いたり、大人気ないと思ったから俺が代わって詫びたまでよ。……兄い、この通り俺が詫びる。これでも我慢はなるまいか」

「ならねえ」

「何いっ」

「いくら手前が頑張っても、こうなっちゃあ意地ずくだ。玉吉の目の黒いうちは、滅多《めった》に勘弁することはできねえから、そう思え」

「よし。もう頼まねえ。その代わり……」

「どうするのだ」

清五郎はぎらりと脇差の鞘《さや》を払った。一足下がって玉吉も抜いた。双方の子分も柄《つか》に手をかけた。

2　伊三郎一家とのいさかい

あわや血の雨。——堪忍袋《かんにんぶくろ》の緒《お》を切った清五郎が、まっさきに斬り込もうとするところ、飛ぶように駆けつけた親分忠治は、物も言わずに両手を広げて互いの間に立ちふさがった。

「退《ひ》け。俺が来たからには喧嘩はさせねえ。……お山を汚《けが》して皆さんを騒がしちゃあ、申しわけがない。清五郎刀を退《ひ》け。……玉吉兄いも静かにしておくんねえ」

鶴の一声で双方の刀は鞘に収まった。忠治は玉吉から一部始終の話を聞くと万事を飲みこんで、

「それは浅治さんとやらもよくねえ……が、強いてここで埒《らち》を明けずともよいことだ。悪いようにはしねえから、今日のところは忠治に任せてもらいたい」

と話をつけて、浅治を連れて後をも見ずに湖畔の道をめぐって、湯の沢の宿へ引きあげた。——赤城の神事に集まった大勢の親分たちは、清《きよ》めの博打《ばくち》を済ませると一座して酒を祝ったが、その席上に落ち合った島村の伊三郎と忠治とは、ただの一度も盃のやりとりをしなかった。所詮《しょせん》は決闘をしなければ済まない怨《うら》みから、別れたあとも島村の子分たちはさまざまに喧嘩を売ろうとしかけたが、忠治は堅く身内のものを戒《いまし》めて、声をかけるまで争いをするなと申し渡しておいた。

一方、信州の円蔵からも便りがあった。伯母の力で深志町へ松葉屋という料理屋を出して、日ごとに繁昌《はんじょう》しているとのこと。忠治も世話の仕甲斐のあったのを喜びながらその年も暮れた翌年、二五歳の厄落としのために、長吉、政次郎の両人を連れて武州大師河原の平間寺《へいげんじ》（川崎大師）へ参詣した。急がない旅の草鞋《わらじ》を宵の泊まりに解かせながら、二〇日あまり留守にして国定へ戻りついたのは、春も二月の寒い黄昏《たそがれ》であった。

「親分、よく早く帰っておくんなすった。実は、今も飛脚《ひきゃく》を迎えに出そうかと相談しておりましたので」

物に慌てない三木の文蔵が、ことありげな口上に、忠治は小首をかしげながら奥の間へ通ると、

「お帰りなさいまし」

と一四、五名の子分たちがぞろぞろと髷《まげ》を並べたが、いずれも厳重な足拵《あしこしら》えの上へ、わざと裾をおろしている。文蔵は膝を進めて留守中の出来事を告げた。――それは二日前の夜、隣村の宵祭りの戻り道、土手の茶屋に待ち伏せしていた島村の身内が、文蔵に難題を吹きかけて袋叩きにあわせたのだ。その仕返しに押し出すため、首を長くして忠治親分の戻りを待っていたのだ、ということであった。忠治はじっと腕を組んで考えていたが、

「まあ待て。少し俺に考えがある」

と一同を制止した。

3　日光奉幣使が境の本陣へ

事を好まない忠治は、何事も穏便《おんびん》を心がけて、はやり立つ子分をなだめすかして、鞘払いすることを禁じた。しかし人一倍血の気の多い忠治が、忍び難きを忍ぶのも——折りあらば——と肝に銘《めい》じた重なる遺恨《いこん》は、忘れる隙《ひま》などなかった。

今日は四月一二日。日光奉幣使《ほうへいし》日野大納言御下向《ごげこう》の途中、上州境町の御本陣へ御休息というので、前夜の御宿である玉村街道からの一路は、拝観の老若《ろうにゃく》に埋まっていた。柔らかな陽を受けて、上州路は菜の花がいっぱいに咲いている。村役人が御道筋の掃除をする箒《ほうき》の埃《ほこり》を浴びながら、島村の伊三郎が喧嘩を売るとの評判にも、忠治は黙って頷《うなず》くばかり。

「手前達《てめえたち》に言っておくが、断りなしに喧嘩を買うなら盃《さかずき》は返してからにしろ。いいか、今日一日は素人になったつもりで我慢してくれ」

いかなる思慮《しりょ》のあるかは知らず、いつもの気性《きしょう》に似合わない申し渡しに、面《つら》ふくらます子分もいたが、父とも母とも思う忠治の命令を、押し返して争うものは一人もなかった。——奉幣使は神々《こうごう》しい行列をそろえて境の御本陣へ着いた。——そのあとを追う道筋の埃は煙のように白く渦巻いた。ここに国定の隣村の百姓で嘉吉《かきち》という孝行者が、足腰立たない老母を自分の背に乗せて、人ごみのなかを拝観に出かけてきた。ちょうど行列が行きすぎたので、老母をいたわりながら畦《あぜ》続きの地蔵の辻を曲がろうとする出会い頭《がしら》に、二人連れの長脇差に突き当たった。

「ご免なさい。とんだ粗相《そそう》をいたしました」

片隅へ寄って詫びを言ったが、何しろ母を背負っているので、そのままずっと通ろうとすると、長脇差の一人が背負われている老婆の襟首《えりくび》をぐっと摑んだ。

「やい、待て。くたばり損《ぞこ》ないめっ」

ずるずると引きずりおろすと、哀れな老婆は気も動転《どうてん》して、

「嘉吉や、早くお詫《わ》びしておくれ」

と這《は》うようにして倅《せがれ》の裾《すそ》にすがりついた。嘉吉は大地に両手をついてしきりに詫びたが、二人連れは十重《とえ》二十重《はたえ》に取り囲んだ見物の前で、無惨にも老婆を打つ、蹴る、殴ると散々な目にあわせた。

4　山王佐膳の仲介

嘉吉は目の前で老いた母を足蹴にされて、男泣きに泣きながら、

「あんまりだ、あんまりだ。俺が粗相《そそう》をしたのだから、俺を打っておくんなさい」

と母をかばって土下座する哀《あわ》れな光景に、見物の群衆も目を覆って仲裁者の出るのを

待つだけであった。ちょうどそのとき通りかかった三木の文蔵は、人ごみをかき分けてのぞいて見ると、かねて忠治が目をかけている孝行者の嘉吉なので、捨てても置かれず前へ出ようとすると、向こうから島村の伊三郎が子分を連れてやってきた。

「ちっ、悪いところへ来やがったな」

嘉吉を助けてやりたさはいっぱいだが、もし自分が口を出せば、きっと喧嘩が持ち上がる。——出るにも出られずむずむずしていると、早くもそれと見てとった伊三郎は、わざと二、三度嘉吉を足蹴にして、文蔵を尻目ににらんだ。

「そこらに国定の腰抜けはいねえのか。お出入りの嘉吉がこうして泣いていても、拾ってゆく奴はねえのか。アハハハハ。忠治が忠治なら、子分までが臆病風に震えてやがる」

人も無気《なげ》の悪口に、気早な文蔵は堪《たま》りかねてばらばらと駆けだした。

「何だと伊三郎、今一遍《いっぺん》ぬかしてみろ」

「出たな奴《やっこ》……所望《しょもう》とあれば百万遍《ひゃくまんべん》でも聞かせてやろう。お前《めえ》らは増長しすぎてやがる。忠治のような小僧っ子を笠に着て、押し回すのが気に喰《く》わねえのだ」

「ご託《たく》をつくな。親分になりかわって、文蔵が相手になるから、勝負をしろい」

下駄をうしろへ蹴って、尻を端折《はしょ》ると長脇差を抜き放って、二つになれと斬り込んでいった。

「抜いた、抜いた」

「文蔵さん一人じゃ危ない」

国定贔屓《ひいき》の土地の人が、口々に騒ぎ立てていると、山王佐膳が駆けつけて怪我《けが》のないうちに左右に引き分けた。佐膳は文蔵をなだめながら境町へ急いで、忠治が一杯飲んでいる常屋の離れ座敷へ引き返したのち、双方の間に口をきいたが、伊三郎が受け付けないので、佐膳も快《こころよ》からず手を引いてしまった。忠治は篤《あつ》く好意を謝して、今は詮《せん》なき刃の上に男の意地を貫こうと決心し、子分を連れて堺の町を出た。

5　忠治の決断

忠治は堺の町を出ると、気取《けど》られないように子分を国定村へ飛ばした。ことさらに、数ある子分の全員までは知らせず、国越えの旅装、路銀《ろぎん》、落人《おちうど》の命を繋《つな》ぐ握り飯の包みまで隈《くま》無く用意させ、肌身離さない名刀村正（日光の円蔵から贈られたもの）の目《め》釘《くぎ》を湿《しめ》した。——明日ともいわず、伊三郎を首にして国を立ち退《の》く覚悟で、あとの始末は八寸の七兵衛に言伝《ことづ》てて、四天王の面々に頼み置いたから心配はない。

「たかの知れた島村の身内だ。あまり大勢で騒ぎ立てちゃあみっともねえ。俺が国越えしてからあと、皆のものに話してくれ」

大敵とみて恐れない忠治は、後々《のちのち》の人の噂《うわさ》にまで心を置いて、これでよしと片がつくと、文蔵以下三人の子分を連れて高岡村の八幡の社《やしろ》へ急いだ。それとも知らない島村の伊三郎は、境町の賭場のてら銭をまとめると、桐屋の二階へ子分を集め、宿場芸者の破れ三味線に飲めや歌えやと浮かれ騒いだ。

「ねえ親分。忠治も尻尾《しっぽ》を巻いて逃げ出しやしたから、ここら一帯は親分の縄張りも同然、明日からは面当てに客寄せをしようじゃありませんか」

「何しろ好《よ》い心持ちだ……文蔵の野郎も二度と面《つら》は出されまい」

口頭《くち》ではえらそうにいうものの、伊三郎も内心は恐れを抱いていたので、一座がようやく乱れはじめると、島ケ崎《しまがさき》の浪五郎《なみごろう》という力士あがりの子分に目配《めくば》せをして、中庭続きの中廊下へ呼び出した。

「おい島ケ崎……俺は忠治を恐れるわけじゃあねえが、あまり大勢で帰ると、かえって目立って面白くねえから、こっそり先へ戻ろうと思うが、手前《てめえ》一緒についてこい。二階の奴等には知らさねえがよい」

虫が知らせるのか、いつになく酔いも浅く裏木戸を出た伊三郎のあとから、浪五郎がずしずしとついて歩いた。やがて二人は高岡村の八幡社前まで来かかると、誰とも知らず木陰《こかげ》からぬっと出た人影が、道をふさいで両手をひろげて立ちはだかった。

6　島村の伊三郎と戦う

伊三郎はぎょっとして一足退《ひ》くと、脇差に手をかけた。

「や、お前は文蔵だな」

「そうよ、手前に礼を言おうと思って、先刻から待っていたのだ」

素袷《すあわせ》に縄襷《なわたすき》、千種《ちぐさ》の股引《ももひき》に脚絆草鞋《きゃはんわらじ》の厳重な足拵《あしごしら》え。伊三郎は文蔵ひとりの仕返しとたかをくくって、島ケ崎を顧みてせせら笑った。

「アハハ、お前のような三下奴《さんしたやっこ》じゃあ、相手になるのも大人気《おとなげ》ねえ……島ケ崎、野郎をちょっと捻《ひね》ってしまえ」

応《おう》と答えた浪五郎が、文蔵めがけて飛びかかろうとしたとき、脇の巨杉の木陰から躍《おど》り出した忠治が、拳《こぶし》を固めて脇腹へどんと当てた。あっとばかりに怯《ひる》むところを、文蔵が脛《すね》を払ったので、地響きを打って前にのめると、左右から押さえつけた。伊三郎も狼狽《うろた》えたが、すでにうしろの道もふさがれ逃げも退《ひ》くもできない羽目《はめ》！　この上はと下駄を脱ぎ捨て、手早く羽織を滑らせて前へ進んだ。

「忠治！　仰々《ぎょうぎょう》しい様《ざま》をして卑怯《ひきょう》なまねをさらすな」

「何が卑怯だ。子分の奴に手出しはさせねえ。一本立ちの真剣勝負だ」

「青二才の分際《ぶんざい》で、伊三郎を狙うなどとは片腹痛い。それほど要《い》らねえ命なら、この場で引導《いんどう》を渡してやろう」

「効能書《こうのうが》きはあとにして、早くさっさと支度をしろい」

「野郎、覚悟しろ」

さっと斬り込む伊三郎の腕前も優《すぐ》れていた。定まった剣法こそ学んでいなかったが、真剣白刃の下を潜《くぐ》ったしたたか者の肝の太さがあり、唸《うな》りを生じて打ち込んでくる太刀《たち》の切っ先はものすごかった。忠治もチャリーンと抜き合わせて競り合った。文蔵はじめ三人の子分は、浪五郎を押さえたまま、固唾《かたず》を呑《の》んで見守っている。——春の夜の月に柔らかに描き出された必死の人影。——伊三郎は身の丈高く大上段に振りかぶり、正眼につけた。忠治は五尺二寸の小太りな男振りで、向こう鉢巻きを短く結んだ広い真額に、月光が静かに流れた。

八幡の杜《もり》の梢《こずえ》に梟《ふくろう》の声がする。苗代水のほの明るさにころころと蛙が鳴く。男二人が意地の刃に命をかけて、ガキッと鍔《つば》を鳴らし合わせた。

7　伊三郎を切り殺す

時がうつりゆくままに、月を浴びた伊三郎の太刀先《たちさき》が乱れはじめた。それに引き替え忠治は息さえ尋常《じんじょう》に身を進めて、伊三郎をじりじりと巨杉の根方に追いつめた。
ヤ、ヤヤッと腸《はらわた》を絞《しぼ》るようなかけ声がせわしくなると、伊三郎が気を焦《あせ》って二つになれと斬り込む太刀を引き外して、さっと払った村正の魔刀に、闇にもわかる血しぶきが掠《かす》め飛んだ。
「あっ。やられた」

伊三郎が悲鳴とともに打ち倒れると、忠治は踏み込みざまに肩先を三寸あまり斬り下げて身を退《ひ》くと、文蔵が躍《おど》り出て抜き撃ちに左の腕を斬り放した。

「ざまあみあがれ。自業自得《じごうじとく》だ。迷わずに往生しろ」

重なる怨《うら》みを晴らし得た文蔵が、またもや二の太刀を浴《あ》びせようとするのを押し止めた忠治は、

「いつまでも苦しませるのは罪だ。早く楽にしてやろう」

と、のた打ち回る伊三郎の胸元を踏まえて、血刀を喉《のど》へ当ててずぶりと深くとどめを

刺した。――高い梢《こずえ》に照る月のもと――伊三郎の四肢《しし》の震えが止むと、忠治は島ヶ崎浪五郎を引き出した。

「この通り伊三郎は俺が手にかけて片づけた。悪い奴でも手前には親分だ。このまま見てはいられめえ。さ、面倒のないように今ここで相手になる。……起《た》たねえか」

「どういたしまして……私は何も親分をお怨《うら》みするわけはありませんから」

「薄情な野郎だ。それじゃあ死人を背負って行け」

命惜しさの怖さに伊三郎の死骸《しがい》を背負った島ヶ崎が、田んぼの道を急いでいくのを見送った忠治は、村正の血糊《ちのり》を拭いて鞘《さや》に納め、御手洗《みたらい》に手を洗って神前に黙拝した。こうして一行四人は春の夜道を急いで、五目牛村の千代松の元へ着くと、すでに明けゆく曙《あけぼの》の雲が、赤城山の肩を紫に染めている。

六　信濃の空

1　大戸の関を越え、円蔵と再会

　忠治は千代松の家で朝風呂を焚《た》かせ、さっぱりと汗と血を流した。疲れやすめの酒宴ののち、丁髷《ちょんまげ》も武家風に結《ゆ》い直し、袴や大小をことごとくお歴々《れきれき》と見せかけて五目牛村を出発した。文蔵、千代松のほか二人の子分も用人《ようにん》や若党《わかとう》など旅慣れた供に化けて、大戸の関へ差しかかった。忠治は信州松本の円蔵のもとへ、しばらく身を潜《ひそ》めるつもりなのである。

赤城山の木々の緑が、雲湧く谷に打ちなびく山つづき。吾妻郡《あがつまごおり》大戸の関は、信州北国通りから、上州の草津・沼田を経《へ》て奥州《おうしゅう》会津へ往来する要路にあたる。そのために安中《あんなか》の城主《じょうしゅ》板倉主計頭《かずえのかみ》の藩臣が厳《いか》めしく関を固めて、仮初《かりそ》めにも訝《いぶか》しいと見た旅人は、ただちにこれを引き縛った。もしまた法の裏をくぐって、関を抜けるものがあれば、それはやがて縄を打たれて関所の辺で磔刑《はりつけけい》に処せられるのが定めであった。

これほどの難関を大手を振って通ろうとする大胆不敵な作戦である。山のつつじの燃えるような険《けわ》しい道を、堂々と大戸の関へさしかかった忠治は、用人の仮面を被《かぶ》った文蔵に、役人の前へ手形を差し出させた。

微塵《みじん》も疑うところなき立派な直参《じきさん》。御役目御苦労と声をかけて打ち通る関の彼方《かなた》に大里ケ原は広々と草を深めて、浅間の煙がゆらゆらとなびいていた。

忠治たち一行は道を急いだ。小諸《こもろ》の城下へ出て、和田峠から桔梗《ききょう》ケ原《がはら》を越えて松本へ着いた。文蔵の先触れに驚いた円蔵夫婦は、思いもかけない来客に座敷を清め、世間をはばかり裏木戸をこっそり開けて、忠治の手を取らんばかりに招き入れた。

——窮屈《きゅうくつ》な武家装束《しょうぞく》も今は用なし。——くつろいだ一同が、旅の疲れを盃《さかずき》に忘れながら、忠治はこの度《たび》の一件を残らず物語った。今は料理屋の主人になっていても、円蔵は根が侍《さむらい》である。伊三郎の非道を深く憤《いきどお》って、忠治の話にひとつひとつうなずいた。女房のお浦も、

「何はさてここまで来れば大丈夫、ごゆっくりなさいませ」

と三度三度の膳部を運び、出入りの衆には野州から親戚のものが客に来たと触れさせておいた。昨日の春も今は昔。すでに当家へ客に来てから二ヵ月あまりが夢と過ぎて、明け暮れの軒端の雨に山国の雷を聞くようになった。忠治も同じ城下に飽きて、藤豆伸びる温泉にひたり、あるいは諏訪《すわ》の舟遊びに、合歓《ねむ》の花樹の暮れるまで、釣り糸を垂《た》らすなどして暮らしていた。二〇日あまりを留守にして松本へ戻ると、円蔵は家の女たちを遠ざけて、ひそかに相談をもちかけた。

「このまま捨てて置いては、いつまでも国を売らなければなりません。子分衆も定めし待っているでしょうから、俺が上州へ出かけて島村の身内と話をつけてきましょう。石塔の一つも建ててやれば文句もありますまいから」

との話に、忠治も大いに喜んで、

「何分よろしく」

と頼み入った。義に潔《いさぎよ》きは情《なさ》けに脆《もろ》く、忠治も多少望郷の念にそそられていた時であるから、島村の残党さえおさまれば、上役人に金を蒔《ま》いて帰るつもりであった。文蔵たちも円蔵の好意を謝した。

2　円蔵を呼び止める桑摘み娘

円蔵は軽く身支度して松本の城下を離れ、上州へ急いだ。

さて、忠治の出奔《しゅっぽん》後、田部ヶ井村の叔父卯右衛門は心に深く謀《はか》るところがあって、一家親戚を説き、忠治の籍を除いてしまった。こうしておけば、たとえ忠治にどのような悪事があろうとも、一家親族には毛頭《もうとう》関わり合いなしということで、誰彼も賛成して忠治は無宿者《むしゅくもの》とされてしまった。卯右衛門はなお口賢《さか》しく表面を繕《つくろ》い、

「何事も忠治のため、男を売るにはかえって自由でよかろう」

とあくまでしらを切った。

円蔵はまず島村へ出かける前に、八寸七兵衛《はっすんしちべえ》その他と相談すると、卯右衛門も駆けつけて共に尽力することとなり、先方へも話をつけて三〇両の石塔料で根も葉もなしに忘れようということになった。金に眼のない卯右衛門は奉加帳を子分のもとへ持ち回って二〇〇両あまりを集め、半分あまりを懐《ふところ》へねじ込んで口を拭《ふ》いていた。それもよし。これもよし。円蔵は忠治さえ国へ戻れれば結構と、見て見ぬふりをして一切を片づけた。包み金のお礼も落ちなく配っての帰り道、堺街道から国定へ戻る途中の

田んぼ道で、見知らぬ女に袖をひかれた。

「もしやあなたは、円蔵様ではございませんか」

「いかにも俺は円蔵だが。……ついぞ見たことのねえお前さんは」

「ハイ……わたしは、去年あなたが親分様のお宅においでのときに、お見受け申して存じております」

はて妙なこと。紺の手甲をして、恥ずかしげに桑摘み籠を抱えた姿。簪《かんざし》もささない黒髪を束ねて、姉さん被りの手拭いに涼しい眼もと口許《くちもと》。

「して、何か俺に用事でもあんなさるのか」

「あの……親分様は信州とやらに居なさると人の噂《うわさ》、本当でござんすかえ」

消えも入りたき初々《ういうい》しい風情《ふぜい》をみて、円蔵は、

「ははあ」

と頷いた。これは一番聞いてやらなくてはなるまいと粋《すい》を利《き》かして、木陰の石に塵《ちり》を

払って腰をおろした。

「姉さん、何も遠慮《えんりょ》はない。親分の居所を聞いてどうしようというんだ……」

思いあまって円蔵を呼び止めた少女は、同じ国定村の中百姓、律儀ものの庄八の妹お町であった。まだ忠治が庄屋の小旦那として、短い羽織を着て歩いた、ある年の祭の宵《よい》に、二人は出会い、行く末を語り合ったのだ。そののち忠治が俠客の群れに入ってからも、人にかくれてお町のために土産《みやげ》の櫛《くし》など買うことはあったが、それもただ心と心に睦《むつ》み合った美しい語らいであった。ひとたび忠治が伊三郎を斬って信濃へ落ちてから、乙女心のやる瀬なく寝ても醒めても忠治を思い、哀れや桑摘む歌も唄わず、夜なべ仕事にも気が入らなくなっていた。

「どうかわたしを、信州へ連れて行ってくださいませ」

これだけが精一杯。円蔵は草鞋《わらじ》の先に吸い殻を叩きながら、身につまされるように聞いていた。

「理由を聞けば気の毒なこと。連れて行ってあげたいが、女の足ではとても山越えできるものでもないし……」

「いいえ。たとえどんな山道でも、わたしは苦労と思いません」

「お前さんの心持ちはよくわかった。ともかく今日は家へ帰んなさい。明日にも俺が庄八さんに話をして、天下晴れて親分のところへ連れていこう」

「…………」

「得心《とくしん》できないか」

「はい。あなたは、明日の暗いうちに出発と聞いておりますもの」

「明朝たつはずには違いないが、ほかならないお前さんの頼みだから、五日でも一〇日でも延ばしてあげよう。そうか、それほど言うなら、俺と一緒に卯右衛門殿のところまで行き、その上の相談にしよう」

と先に立つと、お町はそっと桑摘み籠を脇へ置いて、うしろについた。

3　円蔵の巧みな手配

円蔵は卯右衛門と女房のお梅に一切を打ち明け、出来ることならまとめてやりたいと相談すると、お梅は忠治の叔母、お町の初々しさに心を惹《ひ》かれて、

「あの娘なら、忠治の嫁にしても恥ずかしくないから」

と一方《ひとかた》ならず力を入れた。何はさておき、円蔵は信濃へ帰るべき遠来《えんらい》の客。卯右衛門方では心づくしの振る舞いにせわしない厨《くりや》の様子。

「おばさん、お風呂を汲《く》みましょう」

と、お町は気軽に裾《すそ》をからげて、きりきりと汲むはね釣瓶《つるべ》の手桶を重たそうに、風呂に水を運び薪《たきぎ》をくべた。

「しかし、娘の家でも心配していましょうが」

円蔵がこういうと、卯右衛門は、

「ちょっと沙汰《さた》しておきましょう」

と矢立てを取り出して、今夜お町が我が家に泊まる旨《むね》を一筆したため、お町の家へ使いを出した。


翌朝、村役人の小弥太と円蔵がお町の兄庄八を訪ねて、ぜひとも忠治の嫁に貰い受けたい旨を申し出ると、庄八はしきりに畳《たたみ》の塵《ちり》をむしりながら、

「あのような厄介《やっかい》もの、お心におかけ下さるのはありがとうございますが、その日暮らしの小百姓でも、無宿者《むしゅくもの》との縁組みは世間の手前もございますから」

と言いにくそうに断るのを、円蔵は耳引き立てて、きっと聞いた。

「親分を無宿者とは、どういう訳《わけ》でござんすかい」

庄八の口から、実はこれこれと親戚一同の申し合わせを聞き、忠治が留守の間に無

宿者にされたのだとわかった。

「それじゃあ嫁入りの一件は別として、ここにござる小弥太さんへ養女にやってはくださるまいか」

円蔵の思慮は巧《たく》みに庄八の心を惹《ひ》きつけた。何にせよ庄屋の小旦那と生まれ、今では立派な侠客として人に知られた忠治ほどの義弟をもつ果報《かほう》は、飛び立つばかりに嬉しい庄八だが、表立って縁組みは出来ず、小弥太のもとへ養女にやれば法を潜《くぐ》って一緒になれるのを見越して、その一件を承知した。それではと三〇両の包み金を庄八に贈り、「養女貰受状之事《もらいうけじょうのこと》」の一札を入れて、お町を小弥太のもとへ養女として引き取ってもらうことにした。

これでお町の身の埒《らち》が明《あ》くと、当人も初めて安堵して忠治の帰国を待つことができるというもの。——四方八方めでたく納めた円蔵は、その翌日皆の衆に送られて出発し、日を経《へ》て信州松本へ着いた。上州での出来事を隈《くま》なく告げ知らせると、忠治も子分も非常に喜んで、さっそく帰国の準備に取りかかった。忠治は円蔵から耳打ちされたお町の面影を胸に描いて、憎からぬ女ごころに笑みを禁じ得なかった。

4 伊三郎の回向

戻りを急ぐ夕べの道には、荊《いばら》の棘《とげ》も痛くない。明日には帰国というお祝いの別れの酒宴に、お浦は機嫌よく酌《しゃく》をしながら、在《あ》りし昔、境の町で救われたことなども語り出して興《きょう》じた。酒の席でお町の噂《うわさ》が出ると、お浦は忠治に向かって、

「せめてもの御恩返しに、お嫁迎えの提灯《ちょうちん》を持ちとうございますゆえ、どうか上州までお供させて下さいませ」

と頼み入ると、円蔵もそれは何より、俺も一緒にと勢い込むので、一座はにわかに春が来たよう。短い夜が白《しら》むと、主客七人は今度は偽侍《にせざむらい》に化ける必要もなく、国定近

くまで戻ってきた。子分たちが八方から集まって、

「親分、おめでとうございます」

「円蔵兄い、ご苦労様でございます」

と手をとらんばかりにして喜び、迎えた。――祝いの酒物を担がせて、訪ねて来る近郷の親分衆も引きもきらず。国定村は祭の宵を見るような賑《にぎ》やかさであった。

いく夜か寝ずに待ち暮らしたお町は、忠治のもとへ連れられて、好いた同士の盃《さかずき》事《ごと》もお浦と円蔵の肝いりで滞《とどこお》りなく取りすませた。

その翌日も、翌々日も、祝いの酒樽の鏡が抜かれたが、日ごろ忠治が目をかけておいた上役人の誰彼まで、遅れまいと心祝いの品を持って忠治のもとへ押しかけた。そのなかに、孝行者の嘉吉は老いた母を背に乗せて、まめまめしく使い歩きをして恩義を謝した。――忠治は自身で島村に出かけて、伊三郎のために懇《ねんご》ろな回向《えこう》を営み、天下晴れて国定村に落ち着くと、以前にまして勢いがさかんになった。

5 用水濠浚《さら》い

忠治は縄張りから上がってくるてら銭と、実家からの貢ぎとで何不自由もなく多くの子分を養いながら、例によって弱きを助け、世にかくれた孝行節婦《こうこうせっぷ》には名を隠して金品を恵んでやった。自分は日々邸《やしき》裏の道場で汗を絞り、夕べとなれば恋女房の酌《しゃく》で、軽い酔いを愛《め》でるのがこのごろの楽しみであった。

こうして忠治の男が上がると、田部ヶ井村の卯右衛門は心ひそかに一策を案じ、腹の痛まない金儲けを思い立って、忠治のもとへやってきた。

「国定村と田部ヶ井村の者が用水濠浚《ようすいほりさら》いの人夫《にんぷ》に呼び出されるのは気の毒だから、お前の力で引き受けてやったら、皆の喜びはどれほどのものか。人を助ける持ち前から、これはぜひともやるがよい、費用もわずか一〇〇両で済む」

「村の衆のためになることなら、何事においてもやりましょう」

と忠治は二つ返事で承知した。村役人にも届けを済ませ、数カ所の溜井土手《ためいどて》に小屋がけして人夫屯所《とんしょ》と表札をうち、実は夜毎に篝火《かがりび》をたいて賭場《とば》を開き、てら銭を卯右衛門方へ運んだ。卯右衛門は身勝手な帳面を拵《こしら》え、その大半を着服したが、大まかな忠治は少しも頓着《とんじゃく》なく、日に日に水の深みゆく用水堀のにぎわいをみて喜んでいた。

こうして用水濠は立派に浚《さら》われ、豊かな水を引く田毎《たごと》の苗のできばえも、例年にすぐれて立派になった。村方のものは雨乞いの太鼓をたたく必要もなく、ひとえに忠治の恵みを喜びながら、田の幸《もの》、畑の幸《もの》、お初穂を忠治のもとへ運んで礼を述べたが、それらの者に対しても忠治は必ず膝《ひざ》を正してへりくだって挨拶した。

「あんな優しい親分はない。あれが本当の侠客というものだ」

一人が言えば村中がこれに和して、忠治のためといえば堅気《かたぎ》なお百姓までが、一肌《ひとはだ》脱いで味方するほどだった。

七　金飛脚《かねびきゃく》の三千両

1　爺さんの身投げ

情《なさ》けは人のためならず。忠治が世のため人のために心を尽くす姿を見て、上州一円では楯つく者もいなくなった。忠治は子分に向かって、

「素人衆《しろうとしゅう》に出会ったら道を譲《ゆず》れ。その代わり男を売るのが看板の仲間同志なら、滅《めっ》多《た》に額《ひたい》を擦《す》ることはならねえぞ。人間は七転《ころ》び八起《お》きだ。いい時ばかりにはならねえから、弱っているものがあったら、労《いたわ》ってやれ」

と言い含め、自身も娘や子どもにまで優しい情けをかけてやった。

六月一五、一六日は新田郡世良田《せらた》の大祭である。蚕《かいこ》の出来を祈るもの、疫病除《よ》けを願うもの、一〇里、二〇里の遠くから夜をかけて参拝する人々は、茣蓙《ござ》を背負い群れをなして押し寄せる。西瓜《すいか》畑や梨畑では番人が篝火《かがりび》を焚《た》いて用心するが、面白がる若い者は狐《きつね》のように忍び込んで、露《つゆ》に濡れた野の幸《さち》に喉《のど》を濡らす。わっわっという騒ぎのなかに街道筋の眠らない村には、迷子や泥棒その他のことが絶《た》えないので、忠治は子分たちを派遣して、それとなく見回らせておいた。

五目牛《ごめうし》の千代松は、忠治から預かった一〇両の金を懐中《かいちゅう》に世良田へ出かけての帰り道、ふと力のない老人のうしろ姿を発見して、訳《わけ》がありそうだな、とついていくと、千種《ちぐさ》の股引《ももひき》、草鞋《わらじ》ばきの老翁《ろうおう》は、物思わしげに祭礼の群衆を離れ、早川の川端《かわばた》へ来てしょんぼりと佇《たたず》んだ。夜は更《ふ》けて虫の音は心悲しげに土手の草に乱れている。

「娘……堪忍《かんにん》しておくれ……よ。俺は生きてはいられねえから」

つぶやきながら、着物の袖《そで》で涙を拭いて、身投げしようとする！

「爺《じい》さん、……待った」

千代松がうしろから不意に抱きとめると、老翁はしきりに身をもがいて、

「止めないでおくんなさい」

と泣きわめく。それに構わず引き戻して夜草の上へ座らせて、親切に問いかけた。

「何という短慮《たんりょ》なことを。俺は国定忠治の身内で千代松というもの。次第《しだい》によっちゃあ、お力にもなりましょうから、身投げの訳《わけ》を聞かせておくんなさい」

2　世良田の粋な神さま

思わぬ親切にほだされて、老翁は涙にむせびながら、かいつまんで身の災難を物語った。——私は有馬村の才助という小百姓。御年貢に差し迫って可愛い娘を玉村宿の

沢屋へ遊女に沈め、一〇年の逢瀬《おうせ》を断って三〇両の身代金、それもなにやかやと差し引かれて、二〇両の金を受け取りまっすぐ帰れば何の事もなかったが、老いの愚痴《ぐち》から娘不憫《ふびん》の情《じょう》がつのり、泣く泣く道を歩んだが、ふと思い出した世良田の祭、ついでながら神詣でして娘の無事を祈ろうと、気を取り直して浮かない心に世良田へ出て、ちょっとした間の混雑にその金を掏《す》られました。——と哀れな話、千代松もそうであったかと察して、

「わかった。何しろここじゃあ形《かた》がつかねえから、親分のところへ来なさるがいい」

と労《いたわ》りながら、その夜忠治が泊まっている木崎の旅籠《はたご》へ同道してわけを話すと、忠治は大きく飲みこんで、

「爺さん心配しなさるな。お前が死んだら一層娘に難儀《なんぎ》がかかるぜ。その金は俺が用立ててやるから、気を落とさずに寝酒でも飲んだらどうだ」

と二品、三品の肴《さかな》を取り寄せ、心やすめの二合半酒《こなからざけ》まで振る舞ってやった。

その翌日、一同は玉村宿へ出かけて沢屋で酒を汲《く》みながら、それとなく探りを入れると、まさしく昨日身売りをしたお信という妓《こ》がいるとのことに、千代松はお信から、一切の由来を聞くと少しも疑うところがないので、忠治は二〇両の金を恵んで才助を有馬村へ返した。この沢屋にお徳と呼ぶ評判の女がいたが、客に身請《みう》けされてせっかくの呼び名が空いているのを幸いに、忠治が少なくない祝儀《しゅうぎ》を撒《ま》いて、お信はお徳の名を継《つ》ぐこととなった。その夜から二、三日酒宴を続けて帰ろうとしたとき、忠治は千代松の顔を見て笑いながら、

「世良田の神様は粋な神さまだ。千代松、とんだ拾い物をしたっけな」

と冷やかした。千代松はかえってそれを嬉しそうに笑っている。

「どうせ今夜も逢う約束だろう。わざわざ遠くまで引きあげるには当たらねえ、さ、遊んでこい」

と、忠治は小判一枚つかみ出して千代松に渡し、途中から帰すと、いい心持ちで国定

村へ帰った——粋《いき》な捌《さば》き、忠治は子分の喜びをわがことのように喜ぶ温情に富んでいた。

逢った初めのその夜から、お徳と千代松とは憎からず思い合った。殊《こと》にお徳は、父の命を救ってくれた大恩人と思う真実が絡《から》んで、寝起きの髪に、手ずから丁髷《ちょんまげ》を撫《な》でつけてやるほどであった。

3　円蔵が戻る

喬木《きょうぼく》（高木）は風に嫉《そね》まれ、空の高きを翔《かけ》る鳥は鷹匠《たかじょう》の眼にとまりやすい。——国定一家が和気藹々《わきあいあい》として、順風に帆を張る勢いをみて、ひそかに快《こころよ》からず思う親分も少なくなかった。彼らは不正役人に金を摑《つか》ませ、忠治に何かの失策があったら、それを楯《たて》に国を追おうと謀《はか》っていた。

忠治は千代松の馴染《なじ》みもあり、方々《かたがた》玉村の遊女屋に豪快な遊びをやることがしばしばであった。また、以前に忠治の子分であった甚吉《じんきち》が、堅気《かたぎ》になって和助と名を替《か》え、玉村の廓《くるわ》でも羽振りを利《き》かせていた。この甚吉が故郷にいたころの旧悪が露見《ろけん》して捕らえられたとき、忠治も危《あや》うく巻き添えを食うところを逃れて、しばらくは山王佐膳のもとに潜《ひそ》み、ほとぼりのさめるのを待って国定村へ帰ると、ひょっこり円蔵が訪ねてきた。

「ふとした病気から女房も仏《ほとけ》になりやしたし、松本にいても面白くありませんから、御厄介《ごやっかい》になりに参りました」

一切の後かたづけをして、忠治の身内に馳《は》せ加わった円蔵は、言葉使いから態度まで、すっかり砕けて天晴《あっぱ》れな伊達衆《だてしゅう》と見えた。

「そいつは気の毒だ。が、死んだものは諦《あきら》めるより仕方がない。……これから先は俺の相談相手になってもらおう」

円蔵が国定の身内に加わったことは千人力。肝《きも》といい、腕といい、忠治の片腕として張り合って行く男の交際は、すべて円蔵に任されることとなった。そうしてその翌年、関東一帯に非常の暴風が吹き、旱《ひでり》つづきの雨を乞《こ》えば、篠《しの》つく雨は苗代《なわしろ》を浮かし、浅間の灰が降るかと見れば、桑の葉を裂く雹《ひょう》の凄《すさ》まじさ。農夫は暗い家に籠《こ》もって、米一粒さえも穫《と》れないであろう、この秋を心配した。――忠治は蓄えの米と金とを細かく分けて、子分に持たせて村内の小農へ恵んでやったが、それさえも二度が三度と続くはずがない。

「はて気の毒なものだ、なんとかしてやらなけりゃあ、お百姓は日干しになってしまうが」

と腕を組んでいると、円蔵がそれと察して相談を持ち出した。

「親分。――大事の前の小事、何とかうまい思案はありやせんか」

「うむ、俺もそれについて思案していたのだ」

外は滝のような雨がざんざんと降り、昼も灯《とも》す障子《しょうじ》の隙間から、気味の悪い風ががたがたと吹き込んでくる。

4　百姓の難儀を救いたい

空暗く降る雨の中、簑笠《みのかさ》つけた百姓衆がとび回るのは、どこかの堰《せき》でも切れる兆《きざ》しか、鐘の声が呻《うめ》くように聞こえてくる。忠治はこの光景を見て、鐘の音を聞いて、まるで自分の成すべきことを促《うなが》されるような心苦しさを感じた。

「なあ円蔵。……この近郷だけでも、その日の粥《かゆ》に差し支《つか》えるものが、二千人はあるそうだが、米一俵に金一両ずつにしても、五千両の金がなくちゃあ、助けることができねえな」

「なるほど五千両といっちゃあ、ちっとばかり嵩《かさ》が高すぎる。が有るところには千両箱が積んであるのだ。親分……こいつは手ぬるいことじゃあ、いけやせんぜ」

「といっても、人にうしろ指をさされるような真似《まね》はしたくねえ。実はいろいろ考えたんだが、京屋か島屋の金飛脚なら、たとえ無理借りしても、世間へ迷惑もかかるまい……」

「そいつはいいところへお気づきなすった。京屋も島屋も大名御用、水火賊《すいかぞく》の災難は荷主に迷惑をかけねえ規則だそうですから、否応《いやおう》なしにふんだくるが早手回しだ。普段法外な儲《もう》けをしている富限長者《ふげんちょうじゃ》、五千両や一万両無いからといって暮らしに困るわけもありますまい」

身勝手の理屈ではあったが、二千人の生命の瀬戸際《せとぎわ》、これくらいの覚悟がなければ所詮《しょせん》五千両の調達は覚束《おぼつか》ない。

「よし、それじゃあ誰か探りを出せ」

相談が一決すると、二、三人の子分が雨を衝《つ》いて国定村を出発した。忠治は明るい心持ちで酒をあおった。もしこの大事が露見《ろけん》して、身は八つ裂《ざ》きにされるとしても、不憫《ふびん》な農夫の犠牲《ぎせい》となれば何の未練もない。土饅頭に埋《う》もれて、昼顔《ひるがお》の花が咲こうとも、お百姓の嬉し涙の降る日があれば、それで満足。われも男と生まれた甲斐には、ぜひこの企《くわだ》てをやりとげて、哀《あわ》れな百姓を救おうと覚悟を決めた。

京屋と島屋というのは江戸日本橋瀬戸物町に軒を並べた大金持ちで、天下一般に金銀や書状の運送を営業としていた。もし途中でいかなる間違いが出来ても、少しも荷主に迷惑をかけず弁済するかわりに、手数料は非常に高く、日に月に身代《しんだい》は伸びてゆくばかりであった。忠治はここへ目をつけたのだった。京屋、島屋の金飛脚を押さえても、それは両家の負担で荷主に迷惑のかからないのを承知《しようち》の上で、機会の到るのを待っていた。

長雨のうちに蓼《たで》の穂も枯れて、その年も秋になったが、予想通り田も畑も希有《けう》な不作で、農民の困窮《こんきゆう》は極度に達した。忠治はひとりで気を揉《も》んでいると、一〇月末に戻ってきた子分が、江戸の島屋から伊勢崎の木暮久兵衛のもとへ、三千両の金荷が届くと知らせてきた。急ぎ身支度して円蔵、文蔵、清五郎、他二人の子分が武士や雲助《くもすけ》などに化けて、中山道へ張りに出かけた。

5　三千両の金の荷造り

馬の小鈴か夜草の虫か　軒の朝露りんりんと

三千両の金の荷造り、鞍《くら》も重たげな宿場の馬が鈴を鳴らして江戸を離れたころ、秩父の山の影に秋の陽が沈んだ。金荷の宰領《さいりょう》は徳江八右衛門。二人の馬子《まご》も油断なく、桶川《おけがわ》をすぎ、鴻巣《こうのす》に差し掛かると、前方の村影から一挺の駕籠《かご》が脇目もふらずに飛んできた。道は狭く、避《よ》ける間もない辻堂前で駕籠の棒鼻が八右衛門の胸先をどっと

突くと、少しは腕に覚えのある荷宰領、一足退《ひ》いて脇差へ手をかけながら、

「無礼《ぶれい》もの」

と睨《にら》みつけた。こうと見た二人の雲助《くもすけ》は鼻の先でせせら笑いながら、駕籠をおろして憚《はばか》りもなく立ちはだかった。

「なにい、無礼だと……利《き》いた風なことをぬかすない。急げばこそ、御客人も駕籠に乗るのだ。手前が間抜けでぶつかっておきながら、詫《わ》びもしねえで、おかしな腰つき。脇差なんざあ捻《ひね》くり回しても、脅《おど》しに乗るようなお兄さんとはわけが違うぞ」

売られた喧嘩《けんか》なら買わなければならない。殊《こと》に荷駄を曳《ひ》いてきた二人の馬子もついているので、八右衛門も心丈夫、二言三言《ふたことみこと》争ううちに、気の早い雲助は拳を固めて八右衛門に打ってかかる。互《たが》いに入《い》り乱れて格闘の末、雲助が身を翻《ひるがえ》して逃げるのを、八右衛門が白刃を揮《ふる》って追っていった。すると、今まで路上に置き忘れられた駕籠の垂《た》れがすいと上がり、武家拵《こしら》えの円蔵が大剣を引きつけてひらりと出る。ただ一人、

馬の手綱をとっていた馬子の襟髪《えりがみ》を引き摑んで、

「静かにしろ」

と手早く用意の縄をしごいて縛《しば》りあげ、辻堂の内へ放り込んだ。一方八右衛門に追われた雲助は、半町あまり空を飛ぶと、急に取って返して左右から八右衛門を打ち倒して高笑いした。三木の文蔵と清五郎であった。計略は図に当たった。八右衛門を林の奥へ引き縛って辻堂前へ引き返すと、侍姿の円蔵がにっこりとして待っていた。

「首尾《しゅび》は」

「案ずるより産むが易《やす》い。……早く行こうぜ」

三人は立ち上がって、鞍に結んだ金の荷物を解き、駕籠に投げ込むとエイヤエイヤと宙を飛んで、暮れゆく道の彼方に消えた。――三千両は田部ヶ井村の卯右衛門の納《な》屋《や》に運ばれ、それと明かさない施米の袋と小判の雨が、夜寒の軒の小窓からぽいぽいと投げ込まれた。

「親分からのお見舞いだ。遠慮なく取っておかっしゃい」

声ばかりの暗がりの恵みの主を伏《ふ》し拝《おが》んで、小百姓たちはありがたく粥《かゆ》をすすった。忠治はそっと家を出て、人に隠れて村々を見回り、ちらちらと焚《た》く竈《かまど》の火に、庶民の生活の惨《みじ》めさを哀《あわ》れんだ。誰いうとなく忠治の恩義は、赤城麓《ふもと》の一帯を潤《うるお》して、米は無くても寝て暮らす、しばしの果報《かほう》をもたらした。

八　板割の浅治

1　浅治と勘助

　忠治の声望《せいぼう》は輪に輪をなして八方へ広がった。――こうした心静かな日はいつまでも続かなかった。あわただしい草鞋《わらじ》の紐に命をかけて、敷居《しきい》をまたげば七人の敵を持つ男の面晴《めんば》れ、忠治には常に嫉妬《しっと》の冷ややかな眼《まなこ》が付きまとっていた。

　ここに国定一家の四天王の一人と言われ、兄貴と立てられる浅治（別名、板割の浅太郎）がいた。国定村とはほど遠くない下植木村に、女房のお冬と暮らしていたが、その浅治の伯父の中島勘助《なかじまかんすけ》は八州の密偵《みってい》であった。――捕《と》るもの、捕《と》られるもの、背中合わせの生活ながら、如才《じょさい》ないお冬が円《まる》く取りなして悪い顔もせず往来《おうらい》していたが、ある日のこと、勘助がぶらりと下植木へやってきた。

「これは、伯父さん。……お暑いのをようこそ」

とお冬は洗濯の手をやめて招き入れた。褌《ふんどし》一つの赤裸で寝そべっていた浅治も、井戸ばたで顔を洗って浴衣《ゆかた》がけで挨拶に出てきた。麦湯を汲《く》んで、冷やし瓜をすすめて、女房のお冬はまめまめしく庭先へ水を打ちまわった。

「今日は少し言いにくいことがあって来たのだが。……お冬、お前もちょっと座敷へきてくれないか」

白髪のまじった丁髷《ちょんまげ》を小さく結んでいるけれども、若い頃から剣術で鍛え上げた五体はがっしりとして隙《すき》もない。お冬は「あい」と答え、手を拭きながら涼衣《すずし》の裾をおろして、団扇《うちわ》片手に座敷の隅へそっと座った。

「ほかでもねえが、実はお前の腹が聞きてえのだが」

と、浅治の顔をじろじろと見る勘助の眼は、商売柄か底に鋭い光が流れていた。

2　浅治の思案

「ほかでもないが浅治。忠治はお前の親分、俺は切っても切れねえ肉親の伯父だが、お前はどっちを大切に思うか、それを聞かしてもらいたい」

「伯父貴《おじき》、いつにない改まった口上。いったいどうしたわけなのか、まずそれからぶちまけてくれまいか」

「ふうむ。では何か、ことと次第によっちゃあ、伯父に煮え湯を飲ませても、忠治へ義理を立てるというのか」

「そう悪くとっちゃあ話が出来ねえ。……浅治も男一疋《いっぴき》。義理人情を外れて生きるような、けちな了見《りょうけん》は持っていねえから、安心して御覧くだせい」

ぽんと煙管《きせる》を叩いて、勘助の顔を見た。

「お前も知っての通り、俺も三人の子どもがあり、寄る歳だからひょんなことでもあった時には、いの一番にお前に面倒をみてもらわなければならねえのだ。その杖《つえ》柱《はしら》とも頼みにするお前の身に、取り返しのつかねえ十手《じって》風《かぜ》を吹かせちゃあ済まねえから、こっそり耳に入れに来たんだ」

「エッ……十手風が吹くとは……」

「それがよ。お前も薄々《うすうす》聞いていようが、どういうものか近頃忠治は役人衆から睨《にら》まれて、人もあろうに俺に捕《と》れとお達しがあったのだ。……俺と忠治は何でもないが、お前が仲に入っていては自然腕が鈍《にぶ》るわけだ。……悪いことは言わねえから、きれいに忠治に盃《さかずき》を返して堅気《かたぎ》になる了見はねえか。ちょっとのことなら元手の骨も折ろうから」

真実か、甘言《かんげん》か――身贔屓《みびいき》な浅治は勘助の言うところを疑う筋がなかった。殊《こと》に女房のお冬は一途《いちず》に夫の身を案じて手を合わせんばかりにして、伊達《だて》な生活をやめてくれるように頼み入った。

浅治の心は二つに分かれた。しばらく思案に暮れていたが、やがて悩ましげに顔をあげた。

「それじゃあ、いよいよ親分をやんなさるか」

「長年の御用納めに、ぜひ手柄を立ててみてえのだ」

動かしがたい決心を見てとると、浅治はほっとため息をついた。

3　体一つに二つの義理

身は一つに二つの義理。親分忠治に縄打つのを承知の上で、黙って盃を返すなどできるはずもない。といって伯父の親切を無にして、それを身内へ沙汰《さた》すれば、勘助の首は一夜と胴にはついていない。板挟みの苦しまぎれに、お茶を濁《にご》して伯父を帰すと、浅治はぼんやり腕を組んで柱にもたれて考え込んでいた。庭をわたる風に蚊遣《かや》り焚《た》く薄い煙が軽く揺れた。

「ねえ、あなた。……伯父さんもせっかくああ言ってくれるのですから、堅気になって安心させてくださいな。……親分にも重ね重ねの大恩はあろうけれど、長くついていれば、終《しま》いには畳の上で死ねないのは知れていること」

女房は機嫌を取るように、井戸に冷やした焼酎《しょうちゅう》を運びながら、膳を挟んでしみじみと掻《か》き口説《くど》いた。

夜に機織《はたお》る土地のならいに、涼しい唄が垣根越しに隣家から聞こえてくる。

ひでり雨より国定詣り　軒に黄金の雨が降る

織り急ぐ里の娘までが忠治の恵みを忘れずに――と思うと、浅治は胸のどん底が掻《か》きむしられた。今さらのように忠治の威勢の広大なのを思うとともに、自分が忠治の身内として幅を利《き》かせ、村の人からも立てられる現在を顧《かえり》みては、忠治と離れて堅気になるなど、とても許されるものではない。自棄《やけ》で飲んだ酒の酔いが一時に発すると、浅治はころりと横になって寝てしまった。

お冬は妻であればこそ蚊帳《かや》を吊り行灯《あんどん》を灯して、くよくよと物縫《ぬ》う針に思いを刻みながら、夫を大切に思う一心から、白刃の下に意地を立てる侠客渡世《きょうかくとせい》を好ましく思わず、案じていたのであった。

ひとり問い、ひとり答えてその夜が明けても、その翌日も、浅治は国定へも出かけず、眉をひそめて自棄酒《やけざけ》を呷《あお》っていた。

こうして七、八日。――忠治はちっとも浅治が顔を見せないのを心配して、ある日三木の文蔵を呼んで、

「気の毒だが、ちょっと浅のところへ行ってみてくれ。……もし病気でもしていたら、小遣《こづか》いでも置いてきてやれ」

と言いつけた。文蔵は忠治から渡された五両の金を懐中《かいちゅう》に入れ、日盛りを下植木へ出かけた。

4 浅治の苦悩

「浅、いるか」

と声をかけながら入ってくる文蔵の顔を見ると、浅治は機嫌《きげん》よく座敷へ招いて座布団《ざぶとん》を勧めたが、思いなしか、自分の心に潜《ひそ》んでいる蟠《わだかま》りを見透《みす》かされるような、済まない気につまされて、まともには文蔵の顔が仰《あお》ぎ見られなかった。

「どうした。しばらく顔を見せなかったが、身体でも悪かったのか」

へだてなく胡座《あぐら》を掻《か》く兄弟分の親切が、今のわが身にはかえって辛《つら》い。義理に挟まれ、人情に絡《から》まれた現在の身の振り方を、誰にも相談できないのだ。

殊《こと》には今朝がた、伯父のもとから使いがあって、女房お冬に急用とのお迎え。我にこそ用があるべきなのに引きかえて、わけありそうな女房の素振《そぶ》りも、心に引っかかってならない折りから、

「もしや、御手当でも……」

と考えると胸が痛む――かといって、あからさまに文蔵に打ち明けてそれと告げれば、勘助はまな板の鯉。

「浮かない顔じゃあねえか。……実は親分から小遣いを預かってきたのだが」

と懐《ふところ》を探って五両の金を浅治の前へ置いた。

「そんなことをしてもらっちゃあ済まねえ。なあに格別のこともないのだが、少し屈託《くったく》があるものだから、それで御無沙汰《ごぶさた》をしたわけさ」

「屈託だと、ハハハ。お前らしくもねえ。話してみな」

「…………」

浅治は口を噤《つぐ》んで、わびしい眼を庭草の花にうつした。

「今日は女房《ねえ》さんが見えねえが、どこかへ行ったのか」

「なあに……ちょっと親類にごたごたがあって……」

「勘助のところへか」

「エッ」

あまりの仰々《ぎょうぎょう》しさに、かえって文蔵が不審《ふしん》の眉をひそめた。何の気なしにたずねた言葉も、浅治にとっては胸うつ針。——文蔵は間もなく下植木の浅治の家から国定へ帰ってきて、一埒《いちらつ》を忠治に告げた。

「そいつは油断ならねえ。勘助め、日ごろからおかしな素振《そぶ》りをしやがるからな」

と思案の腕を解《と》くと、文蔵の耳朶《じだ》へ何事かささやいた。その夜忠治をはじめ主だった

五、六人の子分は密《ひそ》かに旅の用意をして、長脇差を布団の下へ入れて寝た。

5　勘助の配慮

勘助に呼ばれたお冬は、浅治が堅気になるようにと語りつづけていることを話した。

「浅治は今日、どこかへ出かけていくようには、言っていなかったか」

「いいえ、ほかに留守居《るすい》もありませんから、わたしの帰らないうちは家にいるはず」

「それを聞いて安心した。……今夜はここへ泊まっていけ」

「でも、うちの人が心配しますから」

「いいだろう、明日誰かに送らせてやるから」

何としても離したくないような気がかりな口調に、急に胸がどよめいてきた。

「伯父さん……何か、わたしが帰っては都合《つごう》の悪いことでもあるのですか」

「大《おお》ありよ」

「エッ」

「びっくりすることはない。明日はどうしても忠治を捕《と》るのだ。浅治の了見も決まらないらしいから、それと聞けば、じっとはしていないだろう。そこでお前を泊めておけば浅治も知らず、家を空けて出かけもしないだろうから、万事《ばんじ》関係のないうちに片がつこうと思ったからよ。……心配することはねえ。彼の小言も珍しくはあるめえぜ。まあ、泊まっていくがよいさ」

伯母も共々《ともども》引き留《と》めるので、振り切って戻ることもできず、子どもの多い狭い蚊帳《かや》の裾に、寝るに寝られず鶏《にわとり》の声を聞いた。——勘助は暗いうちに起きて足拵《あしごしら》えを厳重に、磨きの十手《じって》を懐《ふところ》へ押し込んで草鞋《わらじ》をはいていた。

「お冬、それじゃあ出かけてくるから、ゆっくりして帰るがいい。浅治が何といっても、告げることはならないぞ」

勘助が出ていったあと、ややしばらく座っていたが、ふとお冬は浅治の顔を思い浮かべて、恐ろしさと気の毒さに身震いした。——伯母にも告げず裏口から抜け出して、一散走りに下植木の家に戻ると、浅治は朝から大胡座《おおあぐら》をかいて茶碗酒を呷《あお》っていた。その場しのぎの言い訳のお茶を濁《にご》して一服《いっぷく》しながら、ふと眼についたのは神棚へ供えた小判。浅治が、

「親分から小遣いだって、文蔵兄が持ってきてくれたんだ」

というのを聞いて、お冬は急に気が済まなくなって、俯《うつむ》いた眼からほろりと涙がこぼれた。浅治は突然女房の黒髪を引きつかんで、ねじ倒した。

「やい。昨夜勘助は何とぬかした。……連れ添う女房に煮え湯を飲まされちゃあ、男が廃《すた》る。……まっすぐに白状しろい」

6　忠治、御用だ

お冬はすでに心の底で済まないと思っていた矢先、浅治の折檻《せっかん》にあって包み切れず、昨夜来《さくやらい》の伯父の思惑《おもわく》を打ち明けた。

「それじゃあ、勘助はもはや出かけたのか」

「あい、今朝も暗いうちに」

「しまった。……こうしちゃいられねえ」

狂気《きょうき》のごとく長脇差をぶちこむと、草履《ぞうり》もはかずに庭先から一目散《いちもくさん》、国定村をめがけて礫《つぶて》のように駆け出した。

この朝――忠治をはじめ子分のものも、昨夜何事もなかったのに幾分か心をゆるめて、朝餉《あさげ》の膳に酒を汲《く》もうとするとき、風のごとく忍び寄った一〇数名の捕り手が、向こう鉢巻《はちまき》、手甲に脚絆《きゃはん》、襷《たすき》を結んで、裏表からどっとばかりに躍《おど》り込んだ。

「御用だっ」

「忠治、神妙《しんみょう》にしろ」

隙も与えず打ち込もうとするはげしい出端《でばな》を、文蔵がさっと薙《な》いだ太刀風《たちかぜ》に、思わずたじたじとうしろへさがった。

「洒落臭《しゃらくさ》い真似《まね》をさらすな」

居合わせた六人の子分は、ぎらりと脇差の鞘《さや》を払って、忠治の左右に引き添った。

血の雨降る寸刻前《すんこくまえ》――庭先の夏の朝陽はあえぐように光り、殺気は生臭《なまぐさ》く部屋に満ちた。けれども忠治は起《た》とうともしなかった。脇差を引きつけて片膝立てた右の手を柄《つか》にかけて、真っ先に進んだ勘助の真額をはっしと睨んだ。

「野郎！　どうせ何時《いつ》かはぶっ放《ぱな》そうと思っていたのだ。よく首を渡しに来たな。……なぜ浅治を連れてこねえ……覚悟しろ」

飛鳥《ひちょう》のごとく抜き打ちに浴びせかける太刀の下を、早くも潜《くぐ》った勘助が覚えの十手《じって》を取り直そうとするそのとき、汗も拭かずに飛び込んできた浅治が、

「どいたどいた」

と飛び込みざまに、勘助の襟髪《えりかみ》をつかんでどっとばかりに庭先へ投げ出した。

「親分、何も言わずに草鞋を履《は》いておくんなさい。万事は後からお詫《わ》びしますから」

血を吐くように喚《わめ》きながら、浅治は脇差を抜きはなして捕り手の群れへ斬り込んだ。――ほかの子分も、命を惜しまず踏み込むので、さすがの捕り手も堪《たま》りかねてさっと垣の外へ退《しりぞ》いた。このあいだに忠治も文蔵も手早く旅の準備をした。浅治は庭先に突っ立って抜刀を提《さ》げて血走る眼に、去ろうとしない捕り手を睨《にら》んでいる。

目前の忠治を逸《いっ》した捕り手の面々は、足ずりして悔《くや》しがったが、追いすがり打つほどの勇気はない。手をこまねいて落ちゆく姿を見送るよりほかはなかった。そのなかでも勘助の無念はたとえる言葉もない。甥《おい》の浅治に取って投げられ、一世一代の面晴《めんば》

れの、御用納めの鼻を折られた不体裁《ふていさい》は、ふたたび仲間に面も向けられない次第《しだい》、こうなっては肉親とても、伯父甥だといっても、容赦《ようしゃ》している場合ではない。

「やい、浅治。……とんでもない真似をしやがる。この上は貴様を身代わりにしょっぴかなければならねえ。動くな」

それとばかりに一五、六人がばらばらと八方から詰め寄ると、浅治はさっと肌を脱いで、男盛りの胸毛を風にそよがせながら、脇差を上段に振りかぶって身構えた。

「気の毒だが、一度親分に会って身のありかたを立てねえうちは、素直《すなお》に手を回すわけにはゆかねえのだ。……用さえ済めば帰ってきて名乗って出る」

浅治の言い分にも俠気《きょうき》の筋があったが、忠治を逃がして血迷う勘助の耳には通じなかった。

「エッ、何をぬかしやがる。……御用だっ」

7　勘助の首実検

浅治は捕り手の囲みを破り、忠治たちのあとを追って、赤城の山に分け入った。夢中で走りつつ、

「ここ一〇日ほど、俺が顔を出さずにいたところに、今日、捕り手の先頭に勘助伯《お》父貴《じき》がいたのだ。きっと、俺を疑っているだろう」

と思った。ようやく赤城山中の隠れ家にたどりつくと、先に着いていた忠治が、

「浅治、よくこられたもんだな。手前《てめえ》は忠治一家の四天王のひとりだ。どうやら、見損なったようだな」

と語気荒く言ったあと、長脇差を引き寄せて、

「しばらく顔を見せねえので、病気かと心配《しんぺえ》して、文蔵に見舞いに行かせたが、と

んでもねえ話だったな。お前《めえ》が密告《たれこみ》やがったんだな」

と大声で迫った。岩窟の隠れ家の空気は凍り付き、居合わせた子分たちは固唾《かたず》をのんで見守っている。言い出したら聞かない、忠治の気性を骨の髄まで熟知している浅治は、覚悟を固めて叫んだ。

「密告《たれこみ》だなんて、この浅治、瘦せても枯れても、そこまで腐っちゃあいねえ」

「そうかい。勘助と組んで、うまく裏切ったつもりだろうが、この忠治の眼はごまかされねえぞ」

「そこまで疑うのなら、親分、ここでばっさり斬ってくれ」

「おう、望むところだ。この場でぶった斬ってやる。覚悟しろ」

激昂《げっこう》した忠治が長脇差の柄に手をかけたとき、緊迫したやりとりをじっと見ていた円蔵が、素早く忠治の手を押さえ、

「親分、早まんねえでくんな。今日、勘助が先導して乗り込んで来たのは、事実

だ。だが、浅治が密告《たれこみ》した証拠があるわけじゃねえ」

となだめた。忠治は一瞬の間のなかで、

「そういえば、浅治は、円蔵に出会うよりももっと前《めえ》、俺が曲沢《まがりざわ》の富吉親分の跡目を継いだ当初から、喧嘩《けんか》渡世の頼れる片腕として、俺を支えてくれた奴だ。密告してねえかもしれねえな」

との思いがかすめたが、いったん斬ると言ったからには、もうあとには引けない。円蔵が助け船を出すように、

「親分、勘助をこのまま生かしておくわけには、いかねえ。浅治の身の証《あかし》に勘助の首を持ってこさせるのも、一案じゃあありませんかね」

と提案し、浅治に対して、

「浅治、お前も伯父貴《おじき》の勘助を斬るのは辛《つれ》えだろう。だが、一つの体で二つの義理を、同時に果たすことはできねえ。渡世の義理を果たし、身の証を立てるにゃ、こう

するしかねえだろう」

と諭《さと》した。忠治はなるほどと頷き、浅治はしばらく考え込んだあとで、

「分かりやした」

と言って、八人の子分とともに赤城山を下り、勘助の家を目指して夜道を走った。勘助は槍で襲撃されると、枕元の火鉢を投げつけ、灰神楽《はいかぐら》の立つなかで浅治を見て、

「やっぱり、お前《めえ》が来たか。来るだろうと覚悟していたぜ」

と言って、殺された。翌朝、浅治たちは勘助の首を持って山を登った。勘助の首実検は隠れ家の「紫藤洞《しとうどう》」で行われ、忠治は浅治に、

「浅治、よくやった。実の伯父貴《おじき》の勘助を斬るのは、さぞかし辛かっただろう。これで、渡世の義理も果たし、お前の身の証も立派に立った。勘助の手引きでたくさんの子分が捕《と》られたが、死んだ勘助には、もう、怨《うら》みはねえ」

と語りかけた。浅治は両の拳《こぶし》を握りしめて、ただ無言で頷《うなず》くだけだった。

九　忠治、半身不随になる

1　越後の海

滝沢は五、六の軒《のき》に煙り立つ山の奥山。忠治たちはそこへ立ち寄って、渋茶を所望《しょもう》し腹拵《はらごしら》えを済ますと、さらに絶頂に登りつめて岩屋を探して下草の枯れたのを焚《た》き、子分のものを沼田の城下へ走らせて、山籠《やまご》もりの食料品を買いととのえ、ついでながら前年助けてやった立沼兵庫《たてぬまひょうご》のもとへ使いをやると、兵庫は人目を忍《しの》んで白米や路銀などを仕送りしてきた。

秋は夜もすがら猿《ましら》鳴く山の頂《いただき》、斧《おの》を入れない一千年の樹々《きぎ》の霜葉に囲まれた赤城山頂の湖には、小舟も浮かばず木枯《こがら》しめいた風が吹く。――忠治は女房と子分たちと山中の岩屋のかげに隠れながら、麓《ふもと》の里に人を派遣して動静《どうせい》を探らせると、勘助暗殺以来、上役人の詮索《せんさく》も厳しいとのこと、追々《おいおい》山狩りでもはじめる様子と聞いたその夜、結束《けっそく》して山麓の悪代官を襲い、血煙のなかに金穀《きんこく》を奪って村筋の貧民の軒へ蒔《ま》き散らし、一粒の米、一枚の小判さえ身にはつけずに山の隠れ家へ引きあげた。

こうすること二、三回。幕府の威光を笠に着た八州の役人たちは、勢子《せこ》（鳥獣を駆りたてる人夫）を雇《やと》って山狩りの準備に取りかかった。しかし、忠治を命の親と崇《あが》めている村々の老若は、口を噤《つぐ》んで忠治一党の消息《しょうそく》を語らなかった。のみならず、かえって子分のものに通じて役人の動静を伝えるので、忠治が天誅《てんちゅう》の荒仕事をする手筈《てはず》には何の差しつかえも生じなかった。忠治はこれで存意《ぞんい》の一分《いちぶ》を貫《つらぬ》くことができたので、永くここに留《とど》まるのを不要と思い、子分のものの大部分と袖を分かち、わずか六人の同勢《どうぜい》で越後路《えちごじ》へ落ちて行った。

一〇日あまりの辛苦をなめて越後長岡《えちごながおか》にたどりつくと、ここに借家《しゃくや》をして天保一四年（一八四三）の春を迎えた。それから居を新潟にうつして賭場《とば》を開き、越後一帯の侠客衆とも盃《さかずき》をやり取りして何不自由なく暮らしていたが、やがてその年の夏真っ盛り、蒲原郡《かんばらぐん》内野の侠客五十嵐浜太郎兵衛《いがらしはまたろうべえ》に招かれて、お町と子分を引き連れて舟遊《ふなあそ》びに出かけた。――弥彦《やひこ》の山の緑も遠く、打ちつづく帆影の涼しさは、上州路に見られない景色。一同は太郎兵衛身内の下へも置かない懇《ねんご》ろな待遇《たいぐう》を受けながら、名にし負う佐渡の鉱山を彼方《かなた》に見て、沖へ沖へと漕《こ》いで出た。

釣るに任せて料理する魚に舌鼓《したつづみ》を打って盃を重ねているうちに、やがて子分の一人が、

「親分！　悪い雲が出ましたぜ」

と心配そうに眉をひそめた。

2　大前田栄五郎との奇遇

磯《いそ》に花が咲きながらも、海の四月の風は寒い。指さす方に現れた黒雲は、八方へ広がって浪《なみ》がしらは物凄《ものすご》く騒《さわ》ぎはじめた。

「船を返せ。……御客人に間違いがあっちゃあならねえ」

主人役の太郎兵衛の烈《はげ》しい下知《げち》に、物馴《ものな》れた船頭たちはあわただしく帆車《ほしゃ》に力をこめた。そうこうするうちに空は黒く、ばらばらと雨さえ降り出し、船はゆらゆらと浪に乗りはじめた。女房のお町は船底に突っ伏したまま、

「象頭山金比羅大明神《ぞうずさんこんぴらだいみょうじん》」

と唱《とな》えながら、身も世もないかのように恐れおののいている。太郎兵衛はじめ子分の船頭が、懸命になって漕《こ》ぎ戻そうとした甲斐もなく、山のように猛《たけ》り狂《くる》う浪のまにま

に船は木《こ》の葉《は》となって漂流し、運を天に任せるより仕方がなかった。日は暮れる。雨はますます降り加わる。浪の吼《ほ》える声が、砕けよとばかり船縁《ふなべり》に飛沫《しぶき》を立てる。灯火ひとつない船の底に、倒れ重なった人影は、皆一斉に神仏の加護を祈った。

やがて暁《あかつき》近くなると、雨の音も薄らいでぽっと白《しら》んだ東の空にすさまじかった雲さえない。ようやく人心地ついた一同が、疲れた身体を支えて起きあがると、目の前に佐渡の島が見える。

「親分や姉御《ねえ》さんを、えらい目にあわせて申し訳がありません。御気分はいかがですか。もう大丈夫です、あれが佐渡の鉱山ですから」

太郎兵衛に詫《わ》びを言われて、忠治とお町は恐縮しながらも、名前だけは聞いた佐渡ヶ島を見て、土産話《みやげ》がひとつ増えたと興《きょう》じ合い、船を島陰《しまかげ》に漕《こ》ぎ寄せて、樽《たる》に残った酒を燗《かん》にして、明けていく海の景色を眺《なが》めていた。

この時、――崖《がけ》の上から、島抜けらしい、素裸の男がざぶんと海へ飛び込んだので、一同があっと驚いて立ち騒ぐ間もなく、ぽっかり波間へ浮かび出て抜き手を切って船縁《ふなべり》に泳ぎついた。船へ引きあげて、忠治は思わず盃を取り落とした。

「大前田《おおまえだ》の親分じゃねえですか」

「おう、……誰かと思ったら国定か」

思いも寄らない対面に先立つものは嬉し泣きの涙、両人はひっしと手を握って顔を見合わせるばかりであった。忠治は若いころ、国定村を飛び出し、川越にいた大前田栄五郎のところに身を寄せたことがあった。栄五郎は忠治より一七歳年長だった。

3　忠治、上州に戻る

奇遇《きぐう》に驚き、手短《てみじ》かに栄五郎を紹介すると、名の響いた大前田のために万事《ばんじ》は太郎兵衛が引き受けることとなった。

「決してご心配なさいますな。たとえ捕り手が向かって来ても、指一本でも触れさせることじゃあございません。……やい、帆を張れ」

きりきりと鳴る帆車とともに、くいと抜いた錨《いかり》の軽さ。船はみるみる佐渡を離れた。このようなときでもお町は女の心細《こま》かく、うしろへ回って潮を拭き取り、忠治の羽織を着せて栄五郎の髷《まげ》まで梳《す》いてやった。——風は追い手、平らな海に船脚も速く、正午近くにつつがなく五十嵐浜へ戻り着いた。栄五郎は長岡城下の忠治の仮住まいでしばらく静養していたが、先に故郷へ帰ることになり、三木の文蔵を供につけてやることとなった。その旅立ちの朝の盃のとき、栄五郎は忠治に向かって、

「俺が勘助の一件は埒《らち》を明けよう。返事は文蔵に言伝《ことづて》るから、待っていてくれ」

と言い置いて出発した。忠治もお町も子分たちも、今日か明日かと文蔵の音信を待っていたが、その年の夏秋すぎて、牡丹餅雪《ぼたもちゆき》の暗く降るころになっても、何の便りもない。寝ざめに暗き雪の小窓、忠治はお町と炬燵《こたつ》を置いて、朝から酒を飲み、今さらの

ように旅の明け暮れの侘《わ》びしさを語り合った。

「ついこのごろ来たようだが、もうすぐの春で四年目だ」

「もう四年になりますかね……なんとかして一度上州へ帰りたいものです。文蔵さんはどうしたのでしょう」

「そうだな。……ひょっとするとやられたのかも知れねえが、そのうち何か知らせがあるだろう」

と故郷を思い巡らせてその年も過ぎると、雪のなかに弘化二年（一八四五）の春が来た。いつまで待っても埒《らち》のないこと、ひとまず国へかえろうかと話が決まると、一同は支度《したく》をはじめた。お町は途中、善光寺へ参詣《さんけい》したいというので円蔵と浅治とが連れ立ち、忠治はほかの子分を連れて、雪の越路をあとにして上州へ踏み込んだ。しかし、すぐに国定村へは入りかねて、とりあえず伊勢崎の五目牛村《ごめうしむら》へ向かった。五目牛村の千代松は忠治が赤城へ籠《こ》もる以前から病気で引きこもっていたが、もう全快《ぜんかい》して

いるだろうと思った。訪ねると、

「どなた」

と振り向いた束ね髪の粋な女。以前玉村で娼妓をしていて、今では千代松の女房のお徳であった。

「俺だ。……しばらくだったな」

凍える手先で笠を脱ぐと、お徳は飛び立つほどの嬉しさに土間へ降りて、忠治の草鞋の紐《ひも》を解いた。

4　長野の地震で、浅治とはぐれる

忠治はその夜からしばらく五目牛村を隠れ家にした。千代松はすでに病死していた。後家《ごけ》のお徳は親分大事と夜も寝ずにかしずいていた。一方、善光寺を回って国定

へ戻ったお町と円蔵も、ただちに五目牛村へやって来た。浅治は信州で一行と別れ、

「二、三年旅をする」

と言って別れたという。忠治はさもありなんと頷《うなず》いた。

心にかかる文蔵の消息は、大前田の栄五郎が訪ねてきてすっかりわかった。文蔵は栄五郎の供をして帰国の際、世良田へ立ち回ったところを八州の手に押さえられて、今では江戸伝馬町の牢へ送られたそうだが、差しあたって施《ほどこ》すべき手だてもない。

それよりもまず、忠治が晴れて世に出るためには勘助の一件を片づけなければならない。栄五郎をはじめ山王佐膳などの俠客から御手先役へ話をつけ、勘助の後家には子どもの養育金として五〇両を贈り、首尾《しゅび》よく手打ちを済ませた。忠治は五目牛村に落ち着いているうち、いつか後家のお徳と心を許して、寄る辺《よべ》なき女ひとりの解《と》き髪に猛《たけ》き心を繋《つな》がれていた。誰いうとなく、

「国定の親分が帰った」

との噂《うわさ》が広がると、かつて恵みを受けた近郷のものは我も我もと見舞いに来る。そこからもここからも御馳走《ごちそう》招きの文《ふみ》が届き、忠治は前にも増して羽振りよく暮らしていた。——こうしているうちにも年はすぎて、弘化四年（一八四七）二月一五日から六〇日間、信州長野の善光寺で大開帳があるのを幸いに、忠治は前年世話になった人々に礼心《れいごころ》を兼ねて、子分を連れて信州へ出かけていった。途中、滞《とどこお》りなく長野に着き、宿を取って名所旧跡を見物していると、ある日偶然にも板割の浅治に巡《めぐ》り会った。旅籠《はたご》へ連れ戻ってその後の話に打ち興じたが、真夜中に烈《はげ》しい地震に遭《あ》い、一同は波打つような町並みの混雑のなかを逃れた。

5　半身不随になる

そうでなくても信濃は山鳴る浅間の麓《ふもと》、地震によってなぎ倒され、城下の火の手は春の夜空を紅蓮《ぐれん》に染めて、阿鼻叫喚《あびきょうかん》の修羅《しゅら》の巷《ちまた》であった。浅治が避難の途中に行方《ゆくえ》知れずになってしまった。この災難に命を落としたものと諦《あきら》め、忠治は近くの寺に供養の金を納《おさ》めて、一同は故郷へ帰ることとした。

その年の秋、忠治は新川村の長平を訪ねての帰路、子分も連れずただひとり日暮れの道を歩いて来ると、はらはらと雨が降り出した。何心《なにごころ》なく立ち寄った杉の木陰《こかげ》に佇《たたず》んで、見るとはなしに振り返ると、思い出多き赤城山が夕空に浮かんでいた。

「……あの山で勘助の首実検をしてから、今年で七年になる。……すぎてしまえば早いものだが、浅治も可哀想《かわいそう》なことをしてしまった」

人の性は善、意地も伊達も必要のない一人の人間に立ち返れば、ものの哀《あわ》れがしみじみと思われる。——何時《いつ》しか雨も晴れた。どれ出かけようかと二歩三歩踏み出した途端《とたん》に、木の根につまづいてばったり倒れ肋骨《あばらぼね》を強く打ち、しばらく人事不省《じんじふせい》に陥《おちい》っていた。道行く人に発見されたときは、すでに半身不随《ふずい》になって舌も渋り、五目牛村まで担《かつ》ぎ込まれ、本宅からお町も駆けつけ、医師を迎え充分な手当をしたが、一代の侠血《きょうけつ》は今は空《むな》しく枕に伏《ふ》した。——八方の侠客からは続々として見舞いが来る。大金を出して江戸表《おもて》からいろいろな名薬を取り寄せたが、何の効果もなかった。

この大厄《たいやく》！　国定一家が憂色《ゆうしょく》に閉ざされているときにも、卑劣《ひれつ》な奴らは捕り手を煽《あお》って忠治を捕らせ、手広い縄張りを掠《かす》めようと企《くわだ》てた。早くもそれと聞きつけた子分たちは、田部ケ井村の卯右衛門の土蔵を借りてそこへ忍ばせた。それでもなお油断ができない。お徳は五目牛村の自宅の床下を掘り下げて一室を造り、ここへ忠治を呼び迎えて心尽くしの看病に誠《まこと》を見せた。

6　腹を切るのはイヤだ

忠治の前途は黒雲に塞《ふさ》がれていた。山河の険《けん》さえ意に介《かい》さなかった男一疋《いっぴき》。今は茶《ちゃ》殻《がら》を詰めて縫《ぬ》う括《くく》り枕に夢を預けて、静かに光ある最期《さいご》の手段を見出《みいだ》すより術《すべ》もない身となった。——田部ヶ井の土蔵から五目牛まで、駕籠《かご》に揺られて見た冬枯れの景色。やがてお徳の親切に幾分《いくぶん》病苦も薄らいで、掠《かす》れながらも片言《かたこと》が通じるようになった。忠治は今日もうつらうつらと寝入っていると、いつもと変わらない円蔵が、梯子《はしご》伝《づた》いに地下室へ降りてきて、枕辺に座っていろいろと慰《なぐさ》めた。

「親分！　だいぶ顔色がいいですぜ。この模様《もよう》なら間もなく元の身体になれまさあ。気を落とさずに養生《ようじょう》しておくんなさい」

「ありがとよ。……俺はやるだけのことはやったから、今さら命は惜《お》しくねえ」

と忠治は寂しく応じた。円蔵も心の内では達者にはなれないだろうと黙っていると、お徳が湯たんぽを暖めて持ってきた。——お徳も永年千代松と連れ添い、危《あぶ》ない刀の下もくぐったので、昔とは違う肝太い女となっていた。ことに今では忠治がこの始《し》末《まつ》、またしてもこの世に取り残されたらどうしようか。それよりも、潔《いさぎよ》い門出《かどで》をしよう。――と思うと、そっと円蔵に耳打ちしてから忠治の枕辺に膝を進めた。

「ねえ、親分！　親分がそれほどまでに覚悟なさったなら、打ち明けてお話ししますが、実は八州の手先がうろついていますので、円蔵さんもそれを大層《たいそう》心配しておくんなさるんです。惨《みじ》めな縄を打たれる前に……」

これ以上言うのは忍びなく、袖を噛んで忠治の答えを待つと、忠治は無量の感慨《かんがい》に頬《ほお》を染《そ》め、乾く唇を嘗《な》めながら、

「俺は、腹を切るのは嫌だ」

と首を振った。円蔵とお徳ははっとして顔を見合わせた。

7　勘助の倅《せがれ》に首をやりたい

「親分らしくもない」

唇までこみ上げた不服の言葉を嚙《か》み殺したお徳と円蔵の面持《おもも》ちを、物憂《ものう》い眼で見た忠治は、不自由な身を起こして、しみじみと心の底を打ち明けた。

「卑怯ではない。……勘助には倅《せがれ》があるはず、その倅に首をやりたい」

「勘助の倅に。そんな義理立ては要《い》らねえこと……」

「そうではない。勘助に怨みはあっても、倅たちには罪咎《つみとが》はないのだ。……せめてはすっぱり首を渡して、散り際をよくしたいのだ」

言い出したら滅多《めった》に心を枉《ま》げない忠治。急に、勘助の倅の住まいへ出かけて話をしろ、と頼まれた円蔵は気が進まないながらも、ぶらりとお徳の家を出て、国定村の身内の家へ相談に出かけた。途中で、兼ねて充分用意してあったものと見えて、一四、五人の捕り手が十手《じって》を閃《ひらめ》かして前後に立ち塞《ふさ》がった。

「待ってくれ！　近いうちに親分の身体も片づくのだ。それまで待ってくれ」

油断なく身構えながらこう言ったが、捕り手は耳も貸さず、

「貴様がついていたのじゃあ、忠治を捕《と》ることが出来ねえ。神妙《しんみょう》にしろ」

と詰め寄った。

「よし……もう頼まねえ。この上はお前らの首を並べてくれる。覚悟しろ」

いつの間に帯をゆるめたのか、着物をばらりと脱ぎ捨てた逞《たくま》しい裸一貫、白晒《しろさら》しの腹巻き一つで長脇差の鞘《さや》を払った。伊達衆髷《まげ》は横に乱れて、冬木を楯《たて》に片手上段の大業物《おおわざもの》は、氷のように冷たく捕り手の額に迫った。

「油断するな。手強《てごわ》いぞ」

武士あがりと聞くから怖《お》じ気《け》づいた捕り手は、滅多に踏み込もうとはせず、じりじりと取り巻いている。——空《から》っ風《かぜ》は、落ち葉だまりに小さな旋風《つむじかぜ》を捲《ま》いている。降って湧いた捕り物騒動は、またたく間に村中に伝わった。

噂《うわさ》を聞いた近隣の村々から、国定身内の誰彼が長脇差を突っ込んで駆けつけて来たので、円蔵ひとりと侮《あなど》って取り巻いていた捕り手のものも、退《ひ》くに退かれず弱っていた。——円蔵はこう思ったのだ——俺がここで捕《と》られれば、すぐさま忠治の隠れ家へ押し寄せるのは必定《ひつじょう》、何とかして斬りぬけて、忠治に最後の覚悟をさせてから、共に縄を受けるなり、切腹するなり決めようと。

「兄貴、これからどこへ落ちなさるか」

抜刀片手に先を案ずる子分たちに、

「俺のことは構わずに、五目牛へ行ってくれ。親分が心許《こころもと》ない」

と気を揉《も》んだ。五、六人の子分は長刀を振り回しながら血路を開き、雑木林の下草路を急いでお徳の家の裏表を固めた。

8 円蔵と恩師大久保一角

円蔵は人一倍の勇気を揮《ふる》って捕り手の群れを悩ました。やがて五目牛へ引き返そうと、駆けだしてゆく一本道の脇手から、突然現れた一人の旅侍がいた。素っ裸の異《い》形《ぎょう》の男！　ぽたぽたと血の垂《た》れる長脇差を摑《つか》んで走る円蔵の前に、旅侍は大手を広げて立ちふさがった。

「何をしやがる。どけ」

横薙《な》ぎにさっと振る太刀の鋭さ、眼にもとまらず身をかわした旅侍は、飛鳥《ひちょう》のように躍り込んで、円蔵の利き腕をしかと摑んだ。

「不埒《ふらち》ものめ……や、そちは大森円蔵ではないか」

はっと思って見上げる眼に映ったのは、恩師の大久保一角《おおくぼいっかく》。思わず片手に顔を押さえてその場にうずくまった。

「変わった姿で……いかがいたした」

「面目もございません。これには深い理由《わけ》もありますが、それよりも先生は何しに当国《こちら》へ……」

「善光寺の参詣の途中、忠治殿に会いたくて」

「その親分は気の毒な身体《からだ》になりました」

「何という」

一角が驚いて理由《わけ》を聞こうとしたとき、後から追いかけてきた捕り手は執念深くぐるりと取り巻いた。円蔵が身を起こして斬り進もうとするのを一角が止めた。

9　叔父卯右衛門の密告

「待て、無益《むえき》な殺生《せっしょう》はさせないぞ」

一角は円蔵をとどめておいて、きっとなって捕り

手の頭《かしら》に挨拶した。

「拙者《せっしゃ》このものの師匠大久保一角、誓《ちか》って御手向かいは致《いた》させぬ。そのかわり、円蔵が得心《とくしん》の参るまで申し聞かせるあいだ、御手を控《ひか》えて下さるまいか」

事筋《ことすじ》わけた口上を否と拒むわけにはいかない。ましてや円蔵の師匠と名乗る旅侍に助太刀《すけだち》でもされてはと思って渋々ながら承知した。一角は円蔵を樹の根方へ誘《さそ》い、自ら着ていた羽織を脱いで、裸《はだか》の背へかけてやった。

「さて、その後のお前の消息を聞かないでもないが、この騒ぎはどうしたのか」

問われるままに円蔵が物語ると一角は驚いた。幾年振りかに忠治に会うのを楽しみにしていたのに。一角は円蔵に覚悟をすすめた。たとえ捕り手の三人、五人に打ち勝ったとしても、所詮《しょせん》は捕られる身の最後を諭《さと》されると、円蔵も潔《いさぎよ》く思い諦めた。

「親分の身の上は幾重《いくえ》にもお願いいたします。むざむざ土足で踏み込まれないうちに、自首するようにお話ください。また日光の親や兄上にもよろしく……」

侠客日光の円蔵の瞼《まぶた》にもまざまざと浮かんでくる懐《なつ》かしい人々の面影《おもかげ》。一角は捕り手の頭《かしら》に申し入れて、円蔵が路上に脱ぎ捨てた衣類を取り寄せて着させた。

「そうであれば、お師匠。ご機嫌よう」

「おお、もう行くか」

互いに顧みて悄然《しょうぜん》とした子弟の別れに、野路の昼霜寒々と日が陰《かげ》った。——一角はお徳方へ投宿して忠治に会い、円蔵からの申し伝えをそれとなく耳に入れたが、さすがに捕《と》られたことだけは唇にもしなかった。ほの暗い地下室の行灯《あんどん》の下。絹の三枚布団の上に身を横たえた忠治の眼からは熱い涙がこぼれていた。

「ご親切、ありがとうございます。不束《ふつつか》ながら忠治、滅多《めった》に命を惜《お》しむような了見《りょうけん》はございません。ご安心なすって下さい」

酒もすすまず、一角は一夜明けると名残《なごり》を惜しんで立ち去った。それから四、五日たっての明け方、叔父卯右衛門の密告《みっこく》から、忠治の身に災難が降りかかった。

十　忠治の捕縛

1　お徳の父が危篤

頼みがたき人心《ひとごころ》よ。忠治とは叔父甥《おじおい》の間柄《あいだがら》である田部ケ井村《たべがいむら》の卯右衛門は、生来の強欲《ごうよく》が何事にも付きまとって、これまでも、しばしば忠治をだしに使って、私腹を肥《こ》やしていたにもかかわらず、忠治が寝込んでからというものは、口実を設けては子分たちから金を出させ、多くは自分のものにしていた。それにも飽きたらず、いよいよ忠治に花咲く春が来ないと見越しをつけると、忠治の容体《ようだい》を密告してわずかな褒美《ほうび》の金をもらった。

上役人は、卯右衛門の密告によって、初めて警護の模様を知ることが出来たので、いよいよ、お徳の家へ踏み込もうと腕利《き》きの捕り手まで選《すぐ》り抜いた。しかし、忠治の子分や身内が代わる代わる見回っているので、滅多に乗り込むことが出来ない。まして、多年忠治の施《ほどこ》す恵みの雨を受けた土地の老若《ろうにゃく》が、どのような邪魔《じゃま》立てをするとも限らない。手を控《ひか》えているうちにその年も九月となった。一方、忠治は寝ながら円蔵の消息を案じたが、周囲では、

「都合《つごう》があって日光へ帰国したままです」

と言い繕《つくろ》っていた。

九月一五日の夜。――忠治はすこし気分もよく、湯たんぽで暖かく寝入るかたわらに、お徳は静かに夜長の繕《つくろ》いの針を運んでいた。ちょうどその時、国定村から女房のお町もやって来て、徒然《つれづれ》の茶を汲《く》み夜もすがら看護に努めた。その明け方、思いも寄

らない旅人が板戸を叩いた。

「有馬村から参りました。お信さんの家はこちらですかい」

幼いころの名を呼ばれたお徳が、あたふたと雨戸を開けてみると暁《あかつき》近い軒《のき》の下に、旅の草鞋《わらじ》をはきしめた百姓姿の若い男が佇《たたず》んでいた。

「俺は駒吉と申しやすが、才助どんが茸《きのこ》にあたって明日も知れねえから、早く知らせるように頼まれて、夜っぴて急いで参りました」

「エッ……あのお父様《とっつぁん》が茸にあたって」

榛名《はるな》の麓《ふもと》に一人住む父才助には、かねがね忠治から相当の仕送りをしてもらっていたが、まだまだ急にこんな音信を聞こうとは思っていなかったのだ。しかしながら、父の死に目を余所《よそ》にするわけにいかず、といって忠治の身も心配である。しょんぼりと思案に暮れるそばから、お町が、

「ほかのこととは違いますから、早くおいでなさいませ。お留守のあいだ親分の

介抱《かいほう》は、わたしが引き受けますから」

と慰《なぐさ》めた。お徳もその気になって忠治の枕辺に二、三日の暇《ひま》をもらう挨拶をした。

2 お徳の決意

忠治も使いの口上を聞いていた。いいにくそうに枕元に両手をつくお徳をいじらしげに眺《なが》めて、

「親爺《おやじ》さんがわるいそうだな。早く行くがいい。女の脚には長い道中、しっかり支度をして行け。……使いに酒でも出したか……お町、お徳に小遣いを持たせてやれ」

と手落ちなく指図《さしず》をした。身を起こせない枕にすがって、なぜか別れたくもない風情《ふぜい》。準備が出来るとお徳は葬式その他の費用として三〇両の金をもらい、

「つい二、三日で戻ります」

と言い置いて、迎えの駒吉と道を急いだ。白い脚絆《きゃはん》に草履をくくって小刻みに急ぐお徳、笠を被った裾からげの駒吉、悲しい思いに囚《とら》われた言葉少ない二人連れが、松原をくぐり、たんぼ道を抜けて伊勢崎の城下へ着くと、夜もいつの間にか白んで爽《さわ》やかな秋の日差しが、柿の紅葉《もみじ》に綾《あや》刷《す》るころであった。

「どこかに茶屋があったら、一服《いっぷく》して行きましょう」

お徳はさすがに疲れたらしく、帯を揺《ゆ》り上げながらこういった。やがて今起きたばかりらしい一軒の茶屋に入って、渋茶に喉《のど》を濡らしていると、これも旅する人らしい三人連れが入ってきて、遠慮もなく話しはじめた。

「何でもあの捕り手の案内をしたのは、田部ケ井村の卯右衛門に違いねえが、あいつもずいぶん酷《ひど》い奴さ。散々親分の世話になっておきながら、恩を仇《あだ》で返すとはあいつのことだ」

「まったくだ。しかし国定の親分はあのへんに隠れていたのかな」

お徳は茶碗を取り落とさんばかりに驚いた。

「さては、卯右衛門が案内して捕り手が向かったか」

と思うと、一刻もじっとしてはいられない。父の病気も案じられるがもともと自分ら親子の命は、親分によって救われたもの。その親分の大事を見捨てて、死にゆく父の唇を濡らしたからといって、かえって父は喜ぶまい。――と咄嗟《とっさ》のあいだに思案して駒吉に金を渡し、

「いずれ親分の身の振り方が決まったら、村へ帰るから」

と言伝《ことづ》てて、自分はその場から息せき切って、五目牛村のわが家へ引き返した。

3　七〇余名の捕り手

お徳を送り出したあとの留守宅では、女房のお町がまめまめしく小豆粥《あずきがゆ》など作っ

て、馴《な》れない勝手場で湯手拭いを絞《しぼ》って、忠治が寝ざめの眉などを拭いてやった。

「もう、誰か来そうなものだが」

常の癖《くせ》で、朝に訪ねてくれる子分の顔を待ちわびるまでに衰《おとろ》えた忠治の心根。お町は全盛の昔にくらべて、遠くなっていく人情の接《つ》ぎ穂《ほ》を呪《のろ》わずにはいられなかった。茶など汲《く》みつつ、ようやく夜明けが白々《しらじら》と眼に見えるころ、関東八州取締役附与力吉田佐五郎、高野啓助、中山誠一郎、吉田三助、佐藤儀右衛門、目明かし手先の面々には大久保の小太郎、木崎の佐三郎、その他名うての親分株一七名、すべてで七〇余名の捕り手がぐるりとお徳の家を取り囲んだ。家の中に子分のいないことも、地下室のあることもすべて承知《しょうち》で乗り込んできた捕り手は、忠治の身が不自由だと聞いて恐れる風情《ふぜい》もなく、土足のままで踏み込んだ。

「忠治の召し捕りに来たのだ。案内しろ」

と雇い女を先に立てる様子を聞くと、お町はさっと顔色を変えたが、忠治は瞬《まばた》きもせずにっこり笑った。

「あまり大勢で枕元へ来ると、埃《ほこり》が立って仕方ねえから、とそういえ。……その刀を渡してやれ」

いわれるままにお町は、忠治の秘蔵の一刀村正を、鞘《さや》ぐるみ袖に抱えて地下室の梯《はし》子《ご》を登って、雇い女に代わって、

「わたしは忠治の女房お町でございます。決して御手向かいはいたしませんから、なにとぞ、お頭様《かしらさま》だけお通りを願います」

と挨拶した。

4　役人との対応

役人は女房お町のしおらしい挨拶を快《こころよ》く聞いた。

「神妙《しんみょう》な申し条、褒《ほ》めてとらす。それならば忠治の居室に案内せよ」

村正の刀はそのまま取り上げられ、お町は悄然《しょうぜん》と先に立って、隠し梯子《はしご》を戦《おのの》く足で踏み降りた。役人は後につづいたが、その数はわずかに四人であった。

「親分、お役人様がお見えになりましたよ」

軽い紅葉裏の小夜着の襟《えり》に手をかけると、寝返りを打つのさえ不自由な忠治は、いく度か頷《うなず》いて、

「俺は身動きが出来ねえ身体、お前が代わってよろしく申し上げてくれ」

役人は枕元を通って、忠治と顔を見合わせる位置に来たが、十手《じって》をしごいて起《た》てとはいわない。忠治ほどの男が、運命と諦《あきら》めて神妙に縄を受ける心中を察しては、かえって気の毒が先に立つくらい。

「ひどく窶《やつ》れたな」

役儀ながら情のある言葉に、にっこりと忠治は感謝した。

「からきし赤子に返りましたハハハ。今日はご苦労様でございます」

「よく神妙に覚悟した。……役儀によって引き立てるが、よいか」

「へい、何時《いつ》なりとも。だが俺は御覧のような身体、きりきりと歩めという寸法にゃいきやせん。御手数で恐れ入りますが、駕籠《かご》を一挺お願いできますまいか」

「よろしい」

と早速《さっそく》駕籠を呼びにやる間に、お町は甲斐甲斐《かいがい》しく忠治の髷《まげ》を梳《す》いたり。晴れ着の縕袍《どてら》、括帯《くくりおび》などを探そうとした。しかし、箪笥《たんす》の鍵はお徳が持って行ってしまったので、手をつけることもできず弱っているところに、お徳が狂気のように引き返してきた。

5　忠治を見送る五目牛村《ごめうしむら》の人々

「退《ひ》け、……どこへいく」

さえぎる役人たちを突き飛ばすようにして、お徳はわが家の地下室へ駆け込んだ。泣きもせず、嘆《なげ》きもしていない。かねてからの覚悟に未練《みれん》はないが、せめては関東一の侠客と立てられた忠治の最後を飾るために用意しておいた衣裳《いしょう》、それを着させてやらなければ心が済《す》まない。

「お徳、戻ってきたのか」

「あい、伊勢崎から引き返してきました」

「有馬の親爺《おやじ》さんは」

「父の命はとうの昔に捨てたもの、それを拾っていただいた親分の大事を前に、何として有馬まで参れましょう。……わたしはどこまでも親分のお供をいたしとうございます」

涙も見せない健気《けなげ》な心に、忠治は黙って頷《うなず》いた。お徳は簞笥《たんす》の底から、心づくしの太織りの褞袍《どてら》を取り出して着せ、改めて上役人の前へ両手をついて、

「わたしは永《なが》らく親分のお恵みにあずかりましたもの、親分はこの通りの病気、お調べのお答えも充分にはできますまいから、わたしが代わってお答えをいたしとうございます。どうぞ、ご一緒にお召し連れ下さいますよう」

と申し出ると、神妙至極《しんみょうしごく》とあって、お徳もお町も縄を打たれた。忠治は地下の隠れ家から担《かつ》ぎ出されて駕籠に乗せられた。

「どうぞ、駕籠の垂《た》れだけ上げておくんなせい」

この願いも聞き届けられた。七〇余人の捕り手が前後左右を固めて、駕籠が五目牛村を出ると、道の両脇には、

「国定の親分がお通りだ」

と淋《さび》しい思いで老若男女《ろうにゃくなんにょ》が、群れをなして見送った。忠治は病苦に窶《やつ》れた双眼に笑みをたたえながら、馴染《なじ》みの久しき土地の人々に、最後の黙礼を残して木崎まで引かれて行った。

6　捕り手の頭、青山録平太

木崎の本陣《ほんじん》では、近郷の人夫まで狩り出して警護を厳重にし、その夜は篝火《かがりび》を赤々と焚《た》き明かして、翌日玉村まで駕籠を送った。捕り手の頭青山録平太《かしらあおやまろくへいた》は、高縁《たかえん》から物優しく忠治を見やって、懐《なつ》かしげに声をかけた。

「忠治、久しいのう。……わしの顔に見覚えがあるはず、どうじゃ」

筵《むしろ》の上に座った忠治の膝がしらは痛ましく窶《やつ》れていた。

「はて……どなた様ですかな」

小首をかしげて見上げる顔を、じっと見た青山は、

「そうであろう。古い昔じゃ。その方《ほう》が赤根小僧鉄九郎を召し捕ったとき、褒美《ほうび》を取らせた青山録平太じゃ……思い出してみい」

と重ねての昔語りを聞いて、忠治はそうであったと嬉しげに頷いた。

「その時の旦那様が……あまり白髪《しらが》を召《め》したので、すっかりお見逸《みそ》れ申しました」

「ハハハ、予の白髪には値打ちがないが、そなたは一代で日本一の男となった。羨《うらや》ましく思うぞ」

扇《おうぎ》を膝に、慰《なぐさ》めてくれる慈悲《じひ》の心。――たとえ罪に処せられて、首の座へ引かれるにも、獣に等しく鞭《むち》打たれては男が廃《すた》るが、こうして優しい詰問《きつもん》の絞《し》め木にかけられては、仮初《かりそ》めにも偽《いつわ》り事《ごと》を述べるわけにはいかない。情によって縛《しば》られた忠治の肝には、その反映である意気の酬《むく》いが映らないはずがなかった。

「よし、この役人の前に一切をさらけ出して、手柄《てがら》にしてやろう」

と思い決めると、お徳を通じて問われるままに今と昔の身の上を物語った。関係者として召《め》し出されたもの一〇〇余人、いずれも密《ひそ》かに忠治に面会を許されて、久しく受けた恵みを感謝した。それを聞く忠治の胸は嬉しさを感じていた。

十一　大戸の関で磔《はりつけ》の刑

1　江戸から大戸の関へ

江戸表《おもて》の取り調べが一段落《いちだんらく》すると、罪なきものは許《ゆる》されて帰国することとなった。卯右衛門は身から出た咎《とが》、強欲《ごうよく》の罪の酬《むく》いで牢獄に繫《つな》がれ、人の誹《そし》りを身一つに集めて、後の世までの不義の名を残した。

師走《しわす》もすでに二六日。――心淋《さび》しい旅籠《はたご》住まいの勘定を済ませて一同が出発するなかに、お徳とお町とはしばらくあとに残って、役人衆の附届《つけとど》けや、規則の裏の差し入れやらの世話を焼いていた。

年も暮れて、春の歌舞伎《かぶき》の噂《うわさ》を聞く七草の雪が降り、お徳とお町がしみじみと忠治の身を案じていると、越後、奥州、関西筋の侠客衆からも、

「忠治御手当《おてあて》」

と聞いて見舞いの者が続々と入り込んできた。

「地獄の沙汰《さた》も金次第《しだい》」

世に知られた侠客達の口利《き》きで牢役人も見て見ぬふりの粋《すい》を利かせるので、忠治は牢獄のなかにあっても何の不自由もなく暮らしていた。——門松《かどまつ》とって雪籠《こ》もる都《みやこ》の空に、上州の田舎《いなか》からは、忠治の身を案じて代わる代わる身内の者が上《のぼ》ってきた。

忠治の処刑が、

「嘉永四年（一八五二）の如月《きさらぎ》（二月）上旬、大戸の関で磔刑《はりつけけい》」

と決まると、お徳とお町とは俄《にわか》に死《し》に装束《しょうぞく》の裁《た》ち縫《ぬ》いを急いだ。一針ずつの嘆き、命

の糸を指にしごく行灯《あんどん》のもとに、雪より白い白絹の一装《ひとかさね》と括帯《くくりおび》を仕立てあげると、高価な伽羅《きゃら》を焚《た》きこめて、牢役人の手許《てもと》まで差し出して置いて、ひとまず郷里の国定村へ引き返した。

忠治が世にあるときに、親身の交際をした各地の侠客達は、処刑の門出を送るべく四、五人ずつの子分を連れて江戸に上《のぼ》る。——その二月六日、伝馬町の牢獄で別れの振る舞いをした忠治は、兼ねて差し入れてあった白無垢《しろむく》に着替え、括帯《くくりおび》をしめて半身不随《はんしんふずい》の病軀《びょうく》を駕籠《かご》に移した。

梅には早い如月寒《きさらぎさむ》。江戸市中の隅々《すみずみ》までこの噂がぱっと広がった。

「上州の国定忠治が送られるそうだ。何でも大《たい》した行列だそうだから、話の種に見物しておこう」

われもわれもと押し寄せる伝馬町から中仙道への路つづきに、布子の襟《えり》を掻《か》き合わせながら見物が垣を作った。

一罪囚を処刑するために、この時ほど大袈裟《おおげさ》な行列を練《ね》ったことは、前代未聞《ぜんだいみもん》であった。先払いの小役人が厳重《げんじゅう》に眼を配れば、町役人は袴《はかま》を着用して先導し、その後から与力同心《よりきどうしん》二〇人、さらに突棒二五人前後が左右を固めて、中央の金網籠の裡《うち》には、長らくの牢舎暮らしに色蒼《あお》ざめた忠治が、白無垢を着ている。槍一筋の馬上の士は、このたびの検視の役人安藤美濃と副使の者。供のものが歩調揃《そろ》えてこれに従う。それより約二丁ほど遅れて、

「大戸御仕置御用」

と削り板の立て札高く掲《かか》げて、大長持ちを担がせ、歩行侍二〇人、鉄砲弓の飾り道具、挟み箱、長柄の槍、立て傘美々《びび》しく若侍を従え、三間棒引き戸籠に乗ったのは磔《はりつけ》を命じられた矢野団左衛門であった。行列が進もうとするとき、忠治見送りのため江戸表へ乗り込んでいた各地の侠客たちは、検視の役人安藤美濃に次のように願い

出た。

「忠治の死出の施《ほどこ》しのために、われら一同見送りの途中、蒔《ま》き銭《せん》をいたしとうございます。御許し下さりましょうか」

実に麗《うるわ》しい人情の花。義に活《い》き法に死する忠治のための施行とは聞くも嬉しいこと。しかしながら表立《おもてだ》ってこれを許すわけにはいかない。

「罷《まか》りならん。しかし、江戸市中を離れたら、見ない振りをいたしてつかわす」

と情《なさ》けある指図《さしず》。――立ち騒ぐ人垣のあいだを縫って江戸を離れると、見る目淋《さび》しい街道の並木の松に、春待つらしい小鳥の群れが心なく鳴いていた。――先から先へ聞き伝えた町々村々、両刀をさした侍までが、覆面《ふくめん》をして見物するほどの人出。そのなかを各地の俠客の子分たちが布の袋の小銭をばらばらと蒔《ま》いて、村の童《わらべ》や貧しき老《ろう》若《にゃく》を賑《にぎ》やかにしながら、

「国定の親分の施《ほどこ》しだ。……皆も念仏を申しておくんな」

と聞こえよがしに触《ふ》れ進んだ。駕籠のなかの忠治の耳朶《じだ》へ、群衆の念仏の声が聞こえてくるたびに、忠治の物憂《ものう》き瞼《まぶた》にも、熱き涙が浮かんでくる。

2 新町での対面

三里進むと休み、五里ごとに泊まって、道中は春浅い街道を進んだ。先頭が新町宿へ差しかかると、

「お願いでございます。お願いのものでございます」

と喚《わめ》きながら、道端の茶店の蔭から駆け出した三人連れの男女があった。

「控えろ、控えろ」

与力と同心が制止すると、やがて忠治の駕籠が遅々《ちち》として進んでくる。木枯《こがら》しが吹き、砂を舞いあげて寒風が行列の裾を煽《あお》った。

「お役人様、……お願いでございます」

真っ先に小腰をかがめ、菅笠《すげがさ》を片手に行列に近づいたのは、忠治の実弟友治であった。続いてお町とお徳。たとえどのような難儀《なんぎ》にあっても、一目忠治に名残《なごり》を惜《お》しみたいと、道筋に待ち受けていたのであった。わずかに離れて、見物人に交《ま》じって忠治の身内の腕達者二〇人余りが、眼を皿にして付き添っていた。

「もしも、役人どもが素《そ》っ気《け》ないことをぬかすなら、この行列を斬り崩しても」

との意気《いき》ごみも凄《すさ》まじい。早くもそれと見てとった検視の役人安藤美濃は、駒を早めて駕籠脇に近づき、馬上から声をかけた。

「無礼であるぞ。願いの趣《おもむき》を申してみよ」

と心ありげな言葉を聞くと、友治は大地にしゃがんだ。

「へい、私は忠治の実弟友治奴《め》にござります。またこれなるはお町とお徳。……なにとぞ特別の御不憫《ごふびん》をもちまして、忠治と永《なが》の別れがしとうございます。お聞き届け下されば有難《ありがた》き仕合《しあ》わせにございまする」

と額を擦るばかりに願い入った。すると、

「ここは途中……ともあれ、問屋場《といやば》（江戸時代の街道の駅亭）へ罷《まか》り出《いで》よ」

と。行列はそのまま進んだ。三人をはじめ、物陰に潜《ひそ》んだ身内のものも、黙って長棒駕籠を見送った。やがて新町の問屋場に着くと、友治お町お徳の三人は恐る恐る裏口から入っていった。


囚人忠治を泊めた問屋場《といやば》では、裏口までも厳重に固めていた。けれども、見物の人々に晴れがましく送られる今となっては、駕籠を盗まれる憂いもなく、役人一同、昼の疲れを濁酒《どぶろく》に忘れて、春寒い灯のもとにゆっくり手足を伸ばしていた。

友治がお町とお徳とともに、新町宿の問屋場の裏口から入ると、すでに充分の附届《つけとど》けがしてあるので、格別の思し召しで密《ひそ》かに名残を惜しませることとなった。

「永くは叶《かな》わん。よいか」

先へ立った役人が隔ての襖《ふすま》を開けながら、友治を顧《かえり》みて足をとどめた。

「そなた、手に持っているのは何じゃ」

「はい、饅頭《まんじゅう》でございます」

「なんで饅頭などを……」

「永らく生家に寄りつきません兄貴……しみじみ馳走《ちそう》をしたこともございませんので、せめては饅頭でも食わせたいと存じまして」

「左様《さよう》か……」

とそのまますっと襖を開けると、ぼんやりと行灯《あんどん》を灯《とも》した広い座敷の真ん中に、金網をかけた駕籠が置かれ、左右には火桶を抱えた下役人が四、五人、酒に酔い蹲《うずくま》っている。

「忠治、会わせる者がある」

案内の与力が、暗い駕籠を差し覗くようにして声をかけると、眠れない忠治は息をはずませた。

「誰に⁉」

「格別の思《おぼ》し召《め》しで、身寄りのものに会わせつかわす。静かに……名残《なごり》をせい」

眼で知らせれば、友治はじめお町もお徳もじりじりといざり寄った。

「兄貴……俺じゃ、友治じゃ」

「おお、友か……」

「姐御《あねご》も、お徳さんもここにじゃ」

「皆達者でいてくれたか。心にかけて会いに来てくれて忝《かたじけ》ない。……俺が亡《な》きあとは、神妙《しんみょう》に仲良く暮らしてくれ。ほかに何も頼みはない」

「親分……たいそう窶《やつ》れたが、火もない夜更《よふ》け、寒くはございませんか」

気丈《きじょう》なお徳も、胸を刺される思いであった。

「いや、心をこめた白無垢《しろむく》。暖かい死《し》に装束《しょうぞく》じゃ」

力なげに笑うのを聞くのさえ身を切られるようである。

3　大戸の刑場

友治は涙を拭いて、携《たずさ》えてきた饅頭の包みをほどいた。

「昨夜、粉をひいてこしらえた饅頭……一つ食べておくんなさい」

と差し入れようとすると、役人はこれをとどめて、

「待て……その方、まず毒味をせい」

と友治を睨《にら》み据《す》えた。

役人だけに行き届いた思慮《しりょ》。もしこの饅頭に毒でも仕込んであれば、大切な囚人《めしうど》は大戸の関に着く前に落命《らくめい》する。そうすれば磔柱に死屍《しし》を上らせなければならない。役

儀の手落ちを慮《おもんぱか》って差し止めた命令。友治は饅頭を一個つまんで頬張《ほおば》ったが、変わり果てた忠治に対面した悲しさで胸一杯。味もわからず飲み下してしまった。差《さ》し支《つか》えないとわかると、饅頭は三つほど食事口から駕籠の中へ入れられた。

「美味《うま》い、美味い。お前方の心持ちを嬉しく食べるぞ」

忠治はうす明かりの駕籠の中で一個を半分にして口に入れた。夜もすがら、寝る間も惜しんで粉をひき餡《あん》を煮た一家の光景を思い浮かべ、わずか一個の饅頭に、一族の情を思った。時が過ぎた。

「格別のお計《はか》らいじゃ。……長くなってはよくあるまい。下《さ》がるように」

役人に注意されて、友治もお町もお徳も顔を見合わせた。駕籠の中から、

「こうしてゆっくり会えたのはお上《かみ》のお慈悲《じひ》だ。……皆、息災《そくさい》で暮らせよ」

と、太くも弱々しい声がした。

「それでは親分……」

「……永《なが》らく厄介《やっかい》になったのう！」

「大戸までお見送りしますから」

お徳はぎゅっと袖を噛《か》んで、次の間へ滑《すべ》り出た。――これ限り。――忠治は遠ざかり行く足音に耳を傾《かたむ》けた。

お町と友治は、無惨《むざん》な処刑を見るのが辛《つら》く、その夜のうちに新町宿から国定村へ帰った。気丈なお徳だけが、

「大戸まで供をします」

といって甲斐甲斐《かいがいい》しく脚絆《きゃはん》をつけた。

朝出発《あさだち》の拍子木が鳴り、行列は新町宿を出た。高崎から右へ折れ金子宿、諸田宿、三の倉から横田宿と上州路の榛名なだれを進んで群馬吾妻の境も越え、ようやく大戸の関所へ着いた。山風の吹き捲《ま》くままに、麓《ふもと》の村からは侘《わ》びしげな煙が立ちのぼっている。帯のように流れる川筋を挟んだ刈田の跡の薄氷も溶けて、常日ごろは人影もな

い田んぼ道を見物の老若《ろうにゃく》が大戸に向かって集まってきた。

手に数珠《じゅず》をかけて人は詣《もう》でれども、山合いの春は寒く、大戸の関を往来《おうらい》する旅人の草鞋《わらじ》に去年の落ち葉が侘《わ》びしく鳴る。――大戸の郷《さと》は上州岩鼻の陣屋、林部善太左衛門の支配所で、関所堅めの役は安中の城主板倉主計頭の受け持ちである。忠治の一行が近づいてくると、林部、板倉両家から家臣を出して警護の列に加えさせた。

やがて処刑の場所に着いた。関の近くの広場を選んで、ぐるりと結びめぐらした青竹矢来《やらい》の外には、見物衆が重なり合ってひしめいている。矢来の中央の土盛りをしたところに、四寸角の磔柱《はりつけばしら》が十字に組まれて筵《むしろ》の上に横にしてある。その近くに血槍を洗う手桶が三個おかれ、右手に検視の役人が控《ひか》える名ばかりの桟敷《さじき》が設《しつら》えられている。

先頭の夫役《ふえき》から順々に処刑場に入ると、矢来のなかは一〇〇余人でぎっしりになった。検視の役人は定めの席についた。

団左衛門の一列も甲斐甲斐しく処刑の用意に取りかかった。

やがて忠治は下役人に助けられつつ、処刑場の傍《かたわ》らの荒筵の上へ引き出された。幾日振りかで青天井を仰《あお》ぐ忠治は、不自由な身を支えながら磔柱を見た。病に窶《やつ》れた忠治の姿に、見物人はわっとばかりに声をあげてどよめき騒いだ。

4　忠治の辞世の句

検視役の安藤美濃は遅れないうちにと命令した。下役人は忠治の側へ歩み寄った。

「何なりと望みの食べたき品はないか……」

「何もございません。……が、申し遺《のこ》す辞世を書き留めておくんなせい」

忠治の申し出るのを聞き、矢野団左衛門は矢立の墨に筆を濡らし、懐紙《かいし》を取り出して忠治の側《そば》へしゃがんだ。

「見慣れない人だ、……名は何とおっしゃいます」

「……拙者《せっしゃ》、矢野団左衛門」

「何……あの団左！　貴様達風情《ふぜい》に辞世の歌を伝えられるか」

叱《しか》りつける声の錆《さ》びよう。さすがに一千人の子分を持つ男の貫禄であった。

さあ大変。場内が何となくざわめくのを見て、検視役の安藤美濃はさっと眉《まゆ》を曇《くも》らせた。もし今ここで忠治の心に満たないことがあったら、たとえ処刑を済ませても、矢来の外に押しかけた子分や身内、義によって兄弟の盃を交わした侠客たちが、黙っていまい。

「団左、控えろ」

美濃は自ずから忠治の傍《かたわ》らに進んで、

「それならば、拙者が書き留めてつかわそう」

と、矢立の筆をとった。忠治は、

「有難う存じます」

と一礼して、

「……惜しむよりうらみ大戸のわが身ゆえ、あの世に行くぞ楽し長岡《ながおか》……お笑いなすっておくんなせい」

美濃はさらさらと懐紙に書き取ると、

「これにて申し置くことはないか」

と聞いた。忠治は何の心残りもない旨を述べ、道中の情けある扱《あつか》いを厚く謝した。美濃は検視の席に戻った。両名の同心は、制札《せいさつ》を掲《かか》げて忠治の傍らに近づき、声を張り上げて罪状を申し渡した。

「その方、種々の悪事をいたし、そのうえ偽名をもって当関所を通行いたしたる咎《とが》、重罪によって磔《はりつけ》を行うものなり」

忠治は黙って頷いた。左右に控《ひか》えた団左衛門配下の者が、忠治の縛《いまし》めの縄を解《と》き、ほかの者どもが十字の磔柱を引き寄せる。七、八人がかりで忠治を柱の上へ仰向けに寝かせると、喉元《のどもと》、両の手首、腰、足首を縛りつけ、えっさえっさと押し立てて二尺余りの据《す》え穴にどさりと落とした。ゆらゆらとしばらく揺《ゆ》れたが、やがて十字の柱は静かになった。

白無垢を着て縄をかけられた忠治の姿が高い所に現れると、矢来の外に群をなした子分たちは、涙ながらに名残《なごり》を惜《お》しんだ。

「親分！　御苦労様でございます」

「南無阿弥陀仏。南無阿弥陀仏」

お徳は美しい髪を乱して、矢来の竹に縋《すが》りついた。牛頭馬頭《ごずめず》（地獄の獄卒）になぞえられた二人の男が、青竹の柄をすげた大身《おおみ》の槍を持って忠治の前へ現れた。

5　忠治の最期

大身の槍はがちりと忠治の目の前で左右から合わされた。陽にきらめく物凄《ものすご》き光。忠治は槍の穂先を見た眼を遠く国定の空に移して、にっこりと笑った。

「やっ」

と引いた左の槍を、力任せに忠治の脇腹に突き込む。滝のような流血は見る見る白無垢の装束《しょうぞく》を赤く染《そ》める。槍の穂は肋骨《あばらぼね》から内臓を刺して右の肩先に出た。その槍を引くと同時に、右から斜《なな》めに突く。しーんとする見物の口からは、

「南無阿弥陀仏」

の声が繰り返された。忠治は死の苦しさをじっと堪《こら》えて唇を嚙《か》み切ったか、ダラダラと顎《あご》へ伝わる鮮血が流れるまま。声も立てず、手足さえ動かさない。ただ、波うつよ

うな胸の動悸《どうき》に合わせて、傷つき破れた内臓の血が泉のように噴《ふ》き流れる。牛頭馬頭《ごずめず》の男たちは、一度槍を引くと手桶の水をかけて白紙で血糊を拭き取り、またもや左右から三度ずつ刺し貫《つらぬ》いた。

「今は早やこれまでぞ」

忠治は薄く眼を閉じて、力ない首をぐたりと垂《た》れた。団左衛門は床几《しょうぎ》を離れて、

「とどめを刺せ」

と命令した。牛頭は槍を取り直して正面に廻り、探るようにして喉笛《のどぶえ》をぷつりと突き上げた。このとき団左衛門は磔柱の根方に踏み台を寄せて、息の絶《た》えたのを確かめるために、伸び上がるようにして忠治の下腹部に手を差し込んだ。

「首尾《しゅび》よく処刑を終わりましてございます」

「大儀《たいぎ》であった」

検視の役人と挨拶が交わされ、全ては終わった。波乱に富んだ忠治の最期《さいご》であった。

十二　忠治の死体と忠治地蔵

1　夜になったら、良いぞ

役人も、団左衛門の一列も、種々の道具を片づけた。安藤美濃がひらりと鞍《くら》に跨《また》がり手綱《たづな》を絞《しぼ》ろうとする馬前へ、ぬっくと立ち上がった立派な武家があった。

「しばらく」

「御用でござるか」

「拙者、只今お仕置き相成ったる長岡忠治に大恩を担《にな》えるもの、立沼兵庫と申しまする。ちょっと折り入って貴殿の御袖に縋《すが》りたい儀がござります。御聞き取り下さいましょうか」

と懇《ねんご》ろながら底気味悪い口上《こうじょう》、殊《こと》に手に手に数珠《じゅず》をかけた俠客の一群が、長脇差に反《そ》りを打たせて遠巻きにしたので、美濃は余儀《よぎ》なく馬を降りた。

安藤美濃が鞍から降りると、江戸から随《したが》ってきた役人達も、ただならない面持《おもも》ちで検視の左右に引き添った。

「それで、御用は」

立沼兵庫は懇ろに立ち寄って、要旨を述べた。

「拙者、先刻も申し上げた通り、忠治殿の引き立てを蒙《こうむ》ったもの、本意ない最期を見て涙にむせんでござる。罪ありとは申しても、義に堅き任俠《にんきょう》の士《し》、せめては死後の冥福《めいふく》を祈るために、死体の御下渡《おさげわた》しを願いとう存じます」

美濃の心は動いたが、役儀の手前表立《おもてだ》って許すわけにもいかない。

「しばらくお待ち下され」

と言いつつ、矢立の筆をとって書き流した二、三行。そして忠治の辞世を書きとめた懐紙に添えて、

「これは忠治が辞世……委細《いさい》はこれに」

と兵庫へ渡すと、そのまま鞍に跨《また》がって、

「さらば！」

と駒を歩ませた。兵庫は静かに見送り、情《なさ》けある措置《そち》に感謝した。さてその懐紙を開いてみると、

「夜の暗きに忍ぶはまま、然《しか》るべく図《はか》るべし」

と認《した》ためてあった。兵庫が振り返って手招きすると、真っ先に水髪お徳と綽名《あだな》されたお徳が駆け出してきた。

「いろいろと有難うございました。どういうことになりましたか」

と覗《のぞ》き込む。一同は、

「夜に入るのを待って、忠治の死骸《しがい》を盗もう」

と示し合わせ、近くの農家でひと休みするために歩きかけると、岩鼻陣屋の小役人らしい四、五人が聞こえよがしに悪口《あっこう》を叩いた。

「下《くだ》らない騒ぎで手数をかける。馬鹿馬鹿しい奴らだ」

聞かなければそれまで。耳に挟《はさ》んでは聞き流せないのが兵庫の性質《たち》である。

「何っ」

と満面朱《しゅ》をそそぐと、一足飛びに躍《おど》りかかってその一人を叩き倒した。

「不埒《ふらち》な小役人め、いらぬ舌の根を動かすなら、捨て置かぬぞ。拙者が相手をする。……抜け」

と、居合い腰に大剣を抜く。恐れをなした小役人は散り散りに逃げる。一同は笑いながら四、五丁離れた農家の離れを借りて、濁酒《どぶろく》で淋しく忠治の最期を語り合った。

2　お徳の計略

峠つづきの空に低く三日月がさびしく上《のぼ》った。頃もよしと用意して農家を出たお徳と兵庫、二、三の子分は、足下《あしもと》暗き路を辿《たど》って関所に近い処刑場へ近づいた。

ちらちらと火が見える。はてと離れたところから覗《のぞ》いてみると、磔《はりつけ》柱《はしら》に近い樹の陰で、腰をおろした五、六人の男たちが、凍《こご》える手足を温《ぬく》めるための焚《た》き火であった。そこで、子分たちの一人がこの男たちを追い退《の》けようとするのを、お徳はしばらく留《とど》め置いて、

「わたしに少し考えがあるから、黙って見ていておくれ」

と兵庫にも挨拶して、只《ただ》ひとりすたすたと前へ進んだ。白緒の草履《ぞうり》の音が、冥府《めいふ》の底から響くように、霜葉を踏んで行く。わざと羽織を着ず、水髪と噂《うわさ》された丈長の美し

い髪を束《たば》ねた黄楊《つげ》の櫛《くし》が、夜目にも白く浮いて見えた。

「おお、寒い。……わたしも仲間に入れて下さいな」

と、出し抜けに艶《なま》めかしい声をかけて割り込んだお徳の度胸《どきょう》に、男たちは呆気《あっけ》にとられて尻ごみする。

「お前さんたちもつまらないじゃないか、お酒でも呑《の》んだらよかろうに。……気が利《き》かないね。ホホホ」

と笑って、帯の間から取り出した小判が一枚。

「さ、酒代……何もびっくりすることはない。取っておきな」

ちゃりーんとそこへ投げ出すと男たちは狐《きつね》につままれたようにぼんやりしていたが、小判の音を聞くと、

「へへへ、うっかり拝《おが》むと目に毒です。……して姐《あね》さんのお頼みは、あれでしょう」

と指さす方の磔柱！　三日月の光を浴びて、血にまみれた忠治の死体が、柱の上にぐ

たりと俯《うつむ》いていた。

お徳は今更《いまさら》のようにはらはらと涙をこぼした。

番人はお徳のために、磔柱の下へ高い足場さえ運んでくれた。お徳は気を取り直して、帯を揺すりあげて磔柱によじのぼった。

3　忠治の片腕を切り取る

お徳は踏み台にのぼって磔柱を振り仰ぎ、変わり果てた忠治の胸に縋《すが》ってさめざめと泣いた。――氷のように冷え切った五体――亀の子縛りに縛られた骨身の脇の下、喉笛《のどぶえ》の槍疵《やりきず》の酷《むご》たらしさ。黒ずみ凍《こお》った血の色は生臭く鼻を撲《う》つ。

「親分！　さぞ辛《つら》いことでしたろうね」

活《い》きている人に物言うように、そっと涙を押し拭《ぬぐ》った。――お徳は気を取り直して、懐剣《かいけん》を抜き放した。そして踏み台から背を伸ばすと、ぐったりと前へ垂《た》れた忠治の髷先《まげさき》を一摑《ひとつか》みばらりと斬り取ると、乱《みだ》れた髪は蒼《あお》い死に顔に覆《おお》いかかった。さらにお徳は懐剣を閃《ひらめ》かし、磔柱に括《くく》られた右手の肘《ひじ》から先を斬り放そうとした。肉を裂《さ》き骨を割る女の一念。

この時、踏み台を押さえていた番人たちは、恐ろしいものでも見出《みいだ》してか、打ち震える声の下から、

「姐《あね》さん！　降りておくんなさい。御役人の見回りだ」

と急《せ》き立てた。お徳は立ち竦《すく》んだ。提灯の灯は、こちらを指《さ》して近づいてくる。確かに関所の小役人らしい。先刻脅《おど》しつけられた関所役人は、腹いせに邪魔立てしようと七、八人で見回ってきたのであった。そして磔柱にひたと添《そ》う人影を見るや、さてこそと駆けつけ、

「怪《あや》しげな女、動くな」

い子分が、

と、捕《と》りかかろうとする。立沼兵庫と子分たちが、大手を広げて立ち塞《ふさ》がり、気の早

「またしても邪魔するか、……覚悟しろ」

と、抜き打ちに先頭の役人の小鬢《こびん》に斬りつけた。こうなれば破《やぶ》れかぶれ、ほかの子分もぎらりぎらりと抜いて斬り込むと、定紋《じょうもん》を書いた御用提灯《ちょうちん》を投げ出したまま、這《は》うようにして逃げてしまった。この間にお徳は忠治の片腕を斬り取り、血の垂《た》れるのを袖に包んで、一同に護《まも》られて、落ち延びて五目牛村のわが家に戻った。

お徳は直《ただ》ちに国定村へ使いを出して、本妻のお町を呼び迎え、主立《おもだ》った子分のものを招き、密《ひそ》かに通夜の僧を迎えて供養《くよう》した。遺髪《いはつ》はお町の手に渡して国定村の菩提寺《ぼだいじ》養寿寺へ納《おさ》め、片腕の骨はお徳のもとにとどめて、しばらくは壺に隠して襖《ふすま》の陰の仏壇に朝夕の供養を怠《おこた》らなかった。関所役人を傷つけたことが問題になったが、お上でも残党蜂起《ほうき》を恐れて、そのままに済んでしまった。

4　忠治地蔵の由来

大戸の関の磔柱のあとに、今も供養の石地蔵が建つ。旅人の笠を敷く憩《いこ》いの場となっている。里人はこれを忠治地蔵と呼んで一場の因縁《いんねん》話を伝えている。

大戸の荘《さと》の庄屋（助造とやら聞いたが確かな氏名は判明しない）は非常に強欲《ごうよく》な冷血漢《れいけつかん》で、小作のものから絞《しぼ》れるだけ絞りとって、爪《つめ》で灯《とも》す床下《ゆかした》に小判の壺を埋《うず》めて置くとさえ評判されるほどであった。夫婦には子宝がひとりいた。弥一と呼ぶ一一歳の子倅《こせがれ》で、眼の中へ擦《す》り込むようにして可愛《かわい》がっていた。その弥一が忠治の死刑の日に、村の子どもと一緒に竹矢来に登りついて、酷《むご》たらしい血槍の閃《ひらめ》きを見物していた。その翌日の朝、呼び合って雑木山へ遊びに行った子ども同士で、

「磔《はりつけ》ごっこをして遊ぼう」

と昨日見たままの磔の真似《まね》をする。平素《へいそ》庄屋を鼻にかける餓鬼《がき》大将の弥一が、

「俺は偉《えら》いんだ。俺が忠治になる」

と我から進んで楢《なら》の木に手足を縛《しば》らせ、

「さあ、突け突け」

とどなった。

頑是《がんぜ》ない（物事の道理がまだわからない）子どもたちは、手に手に竹片や木の枝の先を削いだものを持ってきて左右から力任せに突き立てた。

「痛い……痛いよ。こんなに血が出た。……誰か解いておくれ」

悲鳴をあげて悶《もだ》え苦しむと、子どもたちはかえってこれを面白《おもしろ》がって、

「弱虫やい。磔やい」

と囃《はや》しながら、蜂の巣のように突き刺してそのまま村へ引きあげてしまった。夕鳥が

鳴く雑木山に、泣く泣く哀《あわ》れな死を遂《と》げた少年弥一の最期《さいご》は、さすがに強欲な庄屋夫婦の心を折り、あるかぎりの証文《しょうもん》を焼き捨て、供養のために地蔵を刻《きざ》ませたのであった。

十三　その後のこと

1　善応寺に押しかける参詣者

世の常《つね》の罪人ならば、処刑後三日を経《へ》れば死骸《しがい》は願い人に下げ渡される習慣である。にもかかわらず、何故《なにゆえ》にお徳は女の身でありながら、心を砕《くだ》いて磔柱から遺髪や腕の骨を盗んできたのであろうか。それについては種々の巷説《こうせつ》があり、著者の研究するところによれば、やっぱり大戸の関役人との感情の衝突《しょうとつ》と、忠治に反対する侠客らが手を回して邪魔するのを見越してのことであったらしい。

さてお徳はそののち縁故《えんこ》を頼って、忠治の遺骨を伊勢崎の善応寺へ納めた。寺僧もかつて忠治のために救われたことがあるので、明け暮れの経も怠《おこた》らず冥福《めいふく》を祈った。

「忠治さんへお祈りすれば、中風が治る」

と、誰言うともなく噂《うわさ》が広がると、善応寺の住職も、

「長光院国譲忠仁居士」

と刻んだ石碑《せきひ》を境内《けいだい》に建てたが、さすがに世間を憚《はばか》って俗名《ぞくみょう》等は一字も刻みつけなかった。それからは毎日毎夜押しかける参詣《さんけい》の人が群れをなして、

「忠治大明神」

「国定大菩薩、大願成就《たいがんじょうじゅ》」

などと書いた五色《ごしき》の旗《はた》を奉納する。手向《たむ》けの香や花の絶《た》える間もなく、善応寺は思いのほかに賑《にぎ》わい茶店が出るほどになった。遠きは五里十里の在所から参詣し、各地の名だたる侠客もお詣《まい》りに来る。永代経や納め金は、仏前に高く積まれて上州路に一つ

の新しい名物を加えた。

お徳とお町とは、しばしば善応寺へ出向いて参詣の人に茶を汲《く》みなどしていた。しかし、善応寺の茶屋も上役人の手によって閉店しなければならなくなった。

2　町方取締の暴挙

伊勢崎の町方取締の富岡新左衛門が、ある日善応寺を訪《たず》ねて住職に面会を求めた。

「忠治のような磔《はりつけ》刑《けい》に処せられた罪人の石碑を、晴れがましく市中に建てて賽銭《さいせん》を集めるなどとは公儀を恐れない不埒《ふらち》な沙汰《さた》、さっそく取り崩すから、そう心得よ」と。すでに組子を引きつれての厳しい達しに、住職は狼狽《うろた》えながらしきりに理由を尽くして、見逃しを乞《こ》うたが許されないばかりか、果ては和尚まで引き縛りそうな気配《けはい》なので、仕方なく御意《ぎょい》のままと引き下がってしまった。組子のものは、忠治の墓に近

づいて、参詣中の群衆を追い散らして取り崩しに着手《ちゃくしゅ》した。これを見た参詣人は呆《あっ》気《け》にとられて、

「富岡様も何という罰当《ばちあ》たりなことをするのだろう。きっと祟《たた》りがあるにちがいない」

と口々に罵《ののし》り騒《さわ》いだが、そんなことには頓着《とんじゃく》なく、見事な石碑を押し倒して荷車に縄で絡《から》げ、自分の邸《やしき》に引きあげていった。

善応寺の賑わいはぴったり止《や》んだ。和尚は忠治の遺骨と位牌とを壺に納めて、密《ひそか》に位牌堂の床下深くに埋《うず》め、供養の経を手向《たむ》けていた。お町は遺髪を国定村の菩提寺へ納めて、墓石を据《す》えた。――村内はもとより、近郷近在の忠治生前の恵みに浴《よく》した民《たみ》百姓《ひゃくしょう》は、真心の悼《いた》ましさから打ちしおれて参詣した。

3　新左衛門の切腹

その年の八月。伊勢崎領内の芝で八幡社の大祭《たいさい》があった。豊年の祝いに大神楽《おおかぐら》を奉納するというので、取締の役柄の上から富岡新左衛門が出向くと、表向きは神楽の名で実は国禁の野芝居であった。さっそく差し止めを命ずると、氏子の衆から袖の下が届いたので、今回だけは目こぼしすることにした。翌日も富岡は検座を控《ひか》え、氏子が差し出す酒肴《しゅこう》に酔いながらいい心持ちで芝居を見物していると、突然見物の中から二○余名の捕り方が舞台へ躍《おど》り出て、片っ端から役者どもに縄を打った。驚いた富岡は酒気にかられて大剣を引き摑んで、舞台へ仁王《におう》立ちに突っ立って、

「町方取締の拙者をおいて、なぜに狼藉《ろうぜき》を働くか」

と捕り方を睨《にら》んだ。

新左衛門は自分の権威を無視されたように感じ、前後の見境もなく立ちはだかって豪語したが、捕り方のほうでは意にもかけず次々に縛りあげた。

「何か悪いことをしたのだろう。舞台で役者が縛られるなんて滅多《めった》に見られない土産話《みやげばなし》だ」

おもしろ半分に立ち騒ぐ群衆をかき分けて立派な武士が現れ、酔いしれて立ち騒ぐ新左衛門に近づくと、厳《おごそ》かに言った。

「控えられよ。公儀のお役を預かる我らが、国禁を犯すものに縄打つになぜに邪魔立てされるか。不埒《ふらち》は許し申さぬぞ」

「公儀のお役……、いずれの……」

回らない舌に酔いもさめて、きょとんとして一歩下がると、なお去り難い見物達がまたしてもわっと囃《はや》す。

「岩鼻の御陣屋を預かる組下のもの」

「何……岩鼻……その組下が、何故《なにゆえ》あって町方支配である拙者を差し置いて……」

「黙らっしゃい。公儀の掟《おきて》は津々浦々《つつうらうら》までも一つじゃ。町方取り締まりであるお身が、何しに公儀の制に背《そむ》くのを差し止めない。……不審は数々ある、ここではいうまい。ともかくも役者どもは引っ立て参る」

強《したた》かにやりこめられて新左衛門は二の句が継《つ》げなかった。捕り方の頭《かしら》は威丈高《いたけだか》に組子を指揮して、白粉《おしろい》をつけたままの役者を数珠《じゅず》と繋《つな》ぎ、芝居道具一切を荷車に積ませてぞろぞろと引きあげていく。――その後から、日盛りの埃《ほこり》を立ててついてゆく見物も五丁半里で散り散りになるころ、新左衛門は足場を解《と》いた芝居の跡に呆然《ぼうぜん》と腕を組み、物思いに沈んでいた。――芝居道具は敷島河原で焼き捨てられ、役者たちは江戸表《おもて》へ差し送られて相当の処罰を受けた。――新左衛門は江戸へ呼ばれ、種々に取り調べの末、これまでの罪状が詳《くわ》しく明白となったので、酒井邸で切腹して果てた。

上州では新左衛門の死を「忠治の祟《たた》り」と囃《はや》した。

お徳もお町もおのおの天寿《てんじゅ》を全《まっと》うした。

今もなお土地の人々は「忠治さん」と褒《ほ》めたたえて、溜め池の水も涸《か》れる時なく、忠治の遺徳《いとく》に浴《よく》しているのである。——梭《さ》にまつわる染め糸の夢や幻《まぼろし》。——その昔の忠治は決して世に伝わるような短慮《たんりょ》な男ではなかった。泣くべきときに泣く涙の隙《ひま》に、正しき路《みち》を踏んだ任侠《にんきょう》の勇者であったのである。

おわり

巻末特集

大戸の忠治地蔵

真藤正実述

忠治研究六〇年の真藤正実さんは群馬県認定の「ぐんまの達人」である。県内外で通算六〇回をこえる「忠治の本当の話」を講演。赤色の扇子を手に軽妙な語り口で来場者を魅了する。今回は大戸の忠治地蔵を熱く語る。（文責・割田剛雄）

▲大戸の忠治地蔵

侠客国定忠治（一八一〇―一八五〇）は関所破りの罪名で、四〇歳の嘉永三年一二月二一日に「大戸の関所」近くで処刑された。磔刑《たっけい》（はりつけ）であった。今から一六〇年前の、ペリーの黒船来航の二年前である。

処刑一〇年後に初代の地蔵尊が建立されたが、「中風がなおる」「勝負事に勝てる」との噂が広まり、砕き持ち去られ、二代目は盗まれ、三代目は中之条に新国劇が来た折りに貸して戻らず、現在の四代目は地元の有志による建立である。

大戸の関所と加部安大尽

大戸関所は信州街道の要所で、江戸初期の寛永八年（一六三一）に設置された。信州街道は中仙道の脇往還で、草津や鳩ノ湯、川原湯などの利用客や、北信濃の大名の参勤交代などに利用されて栄えた。

▲復元された大戸の関所

江戸時代の加部氏は大戸宿の地の利を生かして、酒造・金融・農・林業（材木・炭）などを手広く営み、上州一の大分限者《だいぶんげんじゃ》（資産家）となった。忠治は信州への行き帰りに、必ず加部安大尽に立ち寄り、餅米《もちごめ》で造る甘くて美味い酒「牡丹」を飲むのが、なによりの楽しみだった、という。加部家一〇代の加部安左衛門兼重は、忠治の義侠心に共感し、来訪した折りには奥座敷に泊まらせ、手厚くもてなした。一一代の重義は処刑のとき忠治に酒を飲ませた、という。時代の趨勢と大戸宿の大火事などで、加部家も没落し、今は大戸関所近くに往時を偲ぶ「加部安大尽跡」がある。

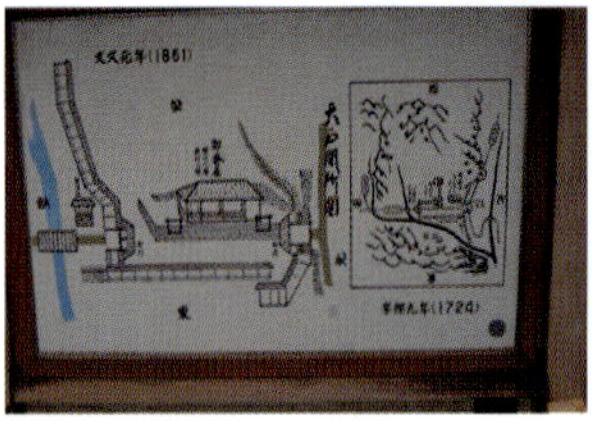
▲大戸の関の略図

忠治の罪状と処刑

忠治の罪状として「大戸の関所破り」の大罪が有名である。ほかにも「博打《ばくち》」「長脇差」「島村伊三郎殺し」「三室の勘助の首取り教唆《きょうさ》」などが数えられる。当時、武家以外には刃渡り二尺以上の脇差はご法度《はっと》で、忠治の長脇差は三尺二寸の長刀だった。

忠治は嘉永三年八月二四日に、関東取締出役に捕縛され、江戸で取り調べを受け、「大戸関所破り」の大罪で磔刑《たっけい》と決まり、大戸に移送された。処刑は一二月二一日で、槍で一四回も突かれたという。真藤翁は、

▲大戸の古老
一場文貞氏

「古老によれば、一一回までは形だけ。一二回目に左脇腹、一三回目に右の脇腹、最後に心臓を突いた」

とその真相を語る。

大戸の絵図

「大戸之宿屋旅籠《はたご》之図」（二五一頁）は真藤翁の労作である。各地の古老を訪ね、土地に伝わる伝承を地道に取材し、さらに足で実地に踏査して確認し、綿密に研究した成果の集大成である。自筆で画き彩色し、大戸関所を中心に加部安大尽跡や大運寺、往時の宿屋、旅籠など、大戸宿の在りし日が一望できる。

関所破りと抜け道

六〇年におよぶ忠治研究をもとに真藤翁は、

「忠治は大戸関所を破っていない」

と新解釈を語る。

　幕府は幕藩体制を守るため、江戸に各藩主の妻女を住まわせ、全国に五三の関所を設け、「入り鉄砲に出女《でおんな》」を厳重に取り締まった。会津、越後、信濃などに通じる上州路には、全国の関所の三分の一近い一五もの関所が設置された。信濃に抜ける信州街道には大戸、狩宿、大笹の三つの関所があった。

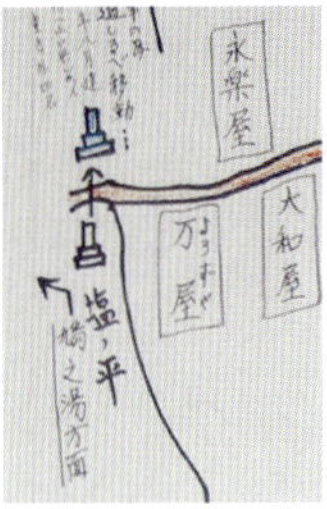

　古老の伝承を丹念に実地検証する真藤翁は、

「旅人の道とは別に、村人用の抜け道があったのだ」

と絵図の抜け道（女人道）を示して力説する。

「現代の、有料道路の料金所付近に、住民用の抜け道があるようなものですか」

と尋ねると、次のように答えた。

「その通り。それに、大戸宿の名家の加部安大尽の知遇を得て、住民とも親しい忠治が、なぜ、抜け道を通らなかったのか、理に合わない」

「次の須賀尾宿や狩宿でとがめられても、塩の平を通って来たと言えば問題なかった、と古老に聞いた」

と補足する。そこで、改めて絵図を見ると、真藤翁の新解釈が一段と説得力を増してくる。

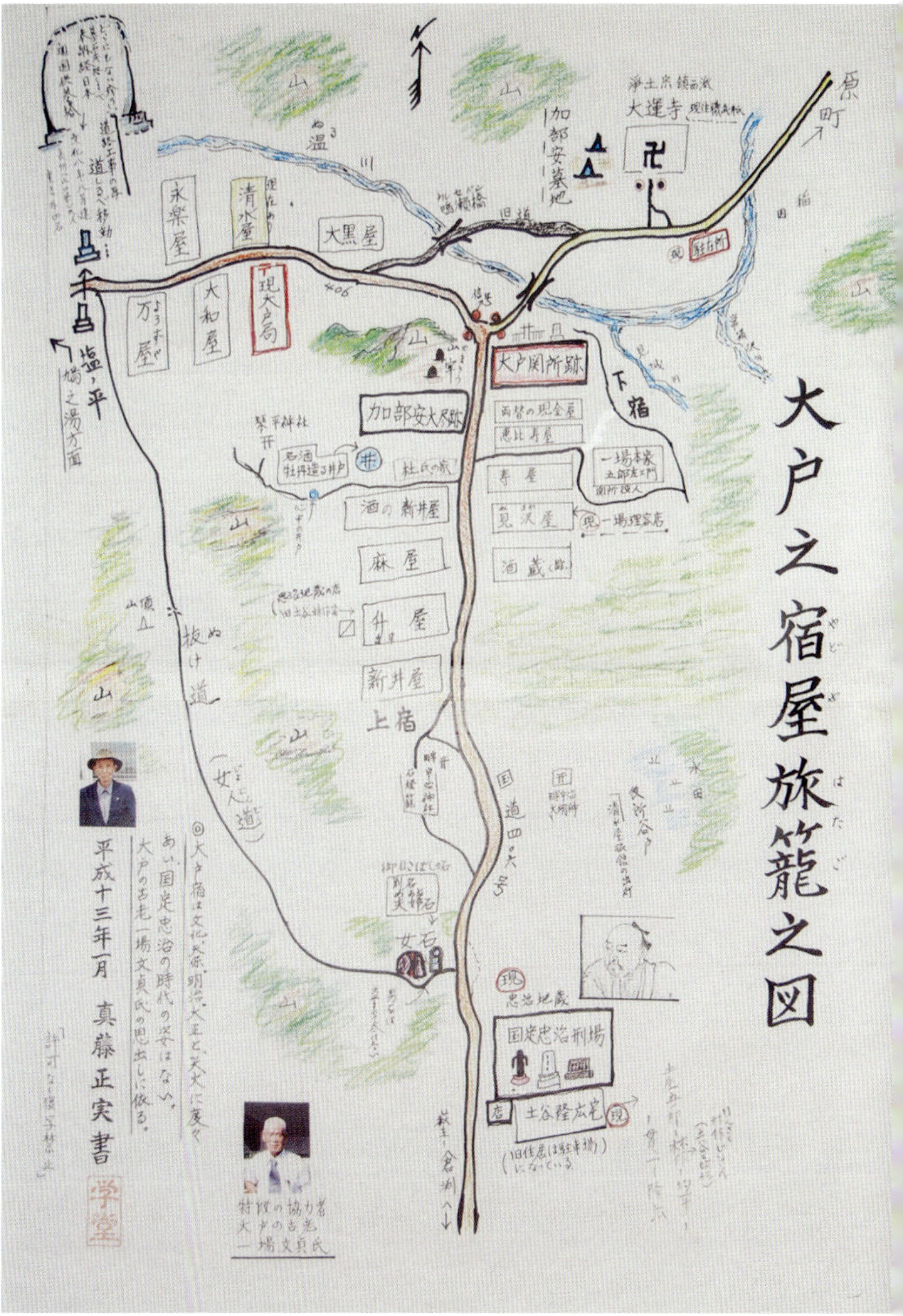

大戸之宿《やど》屋旅籠《はたご》之図
浄土宗鎮西派
大運寺
加部安墓地
原町
駐在所
温川
永楽屋
清水屋
大黒屋
万屋
大和屋
現大戸局
大戸関所跡
下宿
加部安大尽跡
両替の現金屋
恵比寿屋
寿屋
見沢屋
一場本家
一場理容店
関所役人
酒の新井屋
麻屋
升屋
新井屋
上宿
酒蔵
琴平神社
杜氏の家
抜け道
女人道
国道四〇六号
女石
忠治地蔵
国定忠治刑場
土谷隆広宅
榛名・倉渕へ
塩ノ平
鳩之湯方面
山
道路工事の為道しるべ移動
◎大戸宿は文化・文政・明治・大正と栄えた大宿であった。今は国定忠治の時代の姿はない。大戸の古老一場文貞氏の思い出しに依る。
平成十三年一月 真藤正実書
特段の協力者
大戸の古老
一場文貞氏

忠治地蔵を守る人々

大戸宿広瀬の「忠治地蔵」を守る土谷家は、かつて「升《ます》屋《や》」という宿屋を営んでいた。当主の土屋五一郎は悪い客が泊まったときなど、忠治の世話になったという。しかし、大戸宿の大火により「升屋」は焼失。下仁田出身の林作さんが婿に入り、姓名を実家の「土谷」に改めた。義理がたい人柄で、

「お世話になった忠治親分のお地蔵さんが、竹藪に埋まっていて可哀想だ。おれが恩返しすべえ」

と脇に住居を建てて、忠治地蔵を手厚く守った。

次の均平さんは几帳面な性格で、その子の貫一さんの代の昭和四六年に「侠客国定忠治慰霊碑」が建立された。そのあとを現在の土谷隆広さん夫妻と姉の茂木スミ子さんが立派に守っている。

忠治の墓

▲養寿寺全景

▲養寿寺の忠治の墓（左）と墓碑（右）

忠治の墓は養寿寺（東国定）と善応寺（伊勢崎）にあり、今も訪れる人が多い。養寿寺は忠治が生まれた長岡家の菩提寺であり、墓碑には「長岡院法譽花楽居士」と刻まれている。善応寺の墓石には「遊道花楽居士」の戒名が刻まれ、お徳が建立したものである。

◀善応寺の忠治の墓

著者紹介

平井晩村（一八八四―一九一九）

明治時代の日本の詩人・小説家。民謡詩人として多くの作品を残した。出身。本名は駒次郎。

一八八四年、群馬県前橋市に生まれる。

群馬県立前橋中学校（群馬県立前橋高等学校）中退。早稲田大学高等師範部国漢科を経て、報知新聞記者となる。

一九一五年『野葡萄』を上梓。

一九一九年三五歳で死去。その死後、詩集『麦笛』が刊行される。

義と仁叢書1

国定《くにさだ》忠治《ちゅうじ》――関八州《かんはっしゅう》の大親分《おおおやぶん》

平成二三年一一月二五日　初版第一刷発行

著　者　平井晩村
発行者　佐藤今朝夫
発行所　株式会社　国書刊行会
〒一七四―〇〇五六
東京都板橋区志村一―一三―一五
TEL　〇三（五九七〇）七四二一
FAX　〇三（五九七〇）七四二七
http://www.kokusho.co.jp
印　刷　株式会社エーヴィスシステムズ
製　本　株式会社ブックアート

ISBN 978-4-336-05406-7